SACRIFICE À LA LUNE

Collection animée par Soazig Le Bail

Titre original : *Midwinterblood*
Éditeur original : Orion Publishing Group Ltd, Londres, Royaume-Uni.

ISBN 978-2-36474-301-4

Couverture : Delphine Dupuy
Éléments graphiques : © Fotolia
Maquette intérieure : Amandine Chambosse

Loi n° 49-956 du 16 juillet 1949 sur les publications destinées à la jeunesse

MARCUS SEDGWICK

SACRIFICE À LA LUNE

TRADUIT DE L'ANGLAIS
(ROYAUME-UNI)
PAR VALÉRIE DAYRE

EDITIONS
THIERRY
MAGNIER

SOMMAIRE

Première partie p. 11
SOLEIL D'ÉTÉ
Juin 2073 - La Lune Floraison

Deuxième partie p. 81
L'ARCHÉOLOGUE
Juillet 2011 - La Lune Fenaison

Troisième partie p. 123
L'AVIATEUR
Août 1944 - La Lune Moisson

Quatrième partie p. 167
LE PEINTRE
Septembre 1902 - La Lune Fruitière

Cinquième partie p. 215
LE TOMBEAU TOURMENTÉ
Octobre 1948 - La Lune Giboyeuse

Sixième partie p. 253
LE VAMPIRE
Xe siècle - La Lune Neigeuse

Septième partie p. 297
SANG D'HIVER
Époque inconnue - La Lune Sanglante

Épilogue p. 323
MON ESPRIT IMPLORE LE REPOS
Juin 2073 - La Lune Floraison

Pour Maureen

Première partie

SOLEIL D'ÉTÉ

Juin 2073 - La Lune Floraison

1

Le soleil ne se couche pas.

C'est la première chose que remarque Eric Seven sur Blessed Island. Il remarquera bien d'autres phénomènes étranges avant que l'oubli ne s'empare de lui, mais cela viendra plus tard.

Pour le moment, debout au sommet d'une colline déserte de l'île, il vérifie l'heure à sa montre puis reporte son attention sur l'horizon où le soleil devrait décliner. Il est minuit passé, or l'astre continue de briller, effleurant à peine de son disque scintillant la mer étendue à perte de vue.

L'île est si loin au nord.

Il secoue la tête.

Il pense à Merle. À son regard où semble luire une attente. Au calme qu'il a éprouvé du simple fait de se tenir près d'elle.

– Eh bien, il en va ainsi, dit-il avec un sourire émerveillé.

Il est fatigué. Son voyage a été long.

⁂

L'étrangeté commença à bord de l'avion.

Le vol pour Skarpness n'était pas complet, la moitié des sièges peut-être étaient vides, cela faisait néanmoins pas mal de passagers. Principalement des employés de la compagnie minière, supposa Eric, qui se rendaient dans l'intérieur des terres du Nord.

Il s'installa à sa place près d'un hublot et fit ce que fait chacun avant que ne soit demandée l'extinction des appareils électroniques ; il sélectionna OneDegree sur son ordinateur, cliqua.

Et là… rien.

Il sélectionna de nouveau, recliqua.

Rien.

C'était incompréhensible.

Le logiciel OneDegree est basé sur le principe de six degrés de séparation. Eric le connaît à fond. En tant que journaliste, c'est son job de maîtriser les multiples formes de la communication. Depuis son invention par un type malin qui comprit que, le plus souvent, *un* échelon suffit (et non pas *six*) à la majorité des gens dans le monde pour se connecter à quelqu'un, l'application, ou plutôt ses successives versions actualisées, s'est retrouvée dans toutes les mains. Quand on part en voyage, quand on arrive dans un nouvel endroit, le moyen le plus facile de se faire rapidement des amis est d'interroger l'environnement avec OneDegree. Il n'y a sans doute personne de vos connaissances à bord de l'avion, mais il existe de fortes chances pour qu'il s'y trouve quelqu'un qui connaît quelqu'un que vous connaissez. Ou quelqu'un qui est allé à l'école avec un copain à vous. Ou qui travaille là où vous avez travaillé il y a dix ans. Et ainsi de suite. En conséquence, vous avez au moins une personne avec qui faire le voyage, peut-être même un nouvel ami pour la vie. Et bien que cette deuxième éventualité ne se soit jamais concrétisée pour Eric durant ses nombreuses années d'utilisation de OneDegree au cours de maints voyages solitaires à travers le monde, dans un groupe d'une centaine d'individus, qui sans OneDegree seraient tous demeurés de parfaits inconnus, il a toujours, grâce au logiciel, noué un lien.

C'est la raison pour laquelle il resta un moment à fixer son écran, se demandant s'il n'y avait pas un bug dans la nouvelle version.

Comme quand on se trouve dans une situation imprévue ou vaguement inquiétante, il se pencha de côté afin d'examiner ses compagnons de voyage.

Ceux-ci constituaient un échantillon plutôt rustique.

Des mineurs, pensa-t-il. Du brut.

Le labeur et le souci se lisaient sur leur visage, sur leur peau vieillie par le froid. Ils étaient silencieux, se contentant de hocher la tête devant les membres d'équipage souriants qui parcouraient l'allée pour offrir des boissons.

– Vous devez éteindre ça maintenant, monsieur Seven, proféra une voix.

Il tourna la tête. L'hôtesse qui venait de s'adresser à lui vérifiait sur son propre écran qu'elle n'avait pas commis d'erreur sur son patronyme.

Il se gratta la nuque, dégagea la mèche rebelle de cheveux bruns qu'il avait devant les yeux.

– Oui. D'accord. Désolé. Seulement…

Il regarda son écran.

– Oui, monsieur Seven ?

Il restait perplexe. Comment était-il possible qu'il ne soit connecté avec personne à bord de cet appareil ? Pas même au plus petit niveau.

– Rien.

L'hôtesse sourit.

– Très bien. Je vous souhaite d'effectuer un agréable voyage, monsieur Seven.

Il fit en effet un agréable voyage.

L'avion vola plein nord, suivant la côte sur la quasi-totalité du trajet. C'était extraordinairement beau.

Le littoral se découpait en arêtes vives, la mer était d'un bleu profond, les rochers du rivage exposaient généreusement leur palette de gris et de bruns. Dans les terres, les reliefs se couvraient progressivement de forêts qui finissaient par laisser place à des crêtes montagneuses dépourvues de végétation.

Vers midi, l'avion atterrit à Skarpness et, ainsi que l'avait prévu Eric, la plupart des passagers prirent le train en direction de la grande mine.

Pour la énième fois, il sortit les instructions que l'assistante de la rédactrice en chef lui avait remises, puis partit à pied jusqu'au terminal du ferry, où il embarqua sur le bateau à vapeur qui assurait la courte liaison avec Blessed Island.

Il sait peu de choses sur l'*Île Bénie* ou *Bienheureuse*.

À part les rumeurs. Mais enfin, personne n'en sait davantage et, finalement, c'est précisément le but de son voyage : découvrir quelque chose sur cette île.

On n'apprend pratiquement rien sur internet. Rien en dehors des horaires du ferry, des heures des couchers et levers de soleil et de lune, d'une brève histoire locale de la pêche, activité ancestrale aujourd'hui éteinte.

Quant aux rumeurs...

Aucun récit fiable, aucun compte rendu de première main, aucun matériau originel. Les pages qui en font mention sont des resucées les unes des autres, n'offrant que de rares indices à glaner.

Si peu à lire sur le net, encore une étrangeté.

Tout ce qu'il sait se résume à des bruits, des contes, des spéculations, et aux bribes vite perdues de secrets murmurés à propos de l'île où l'on a commencé à vivre éternellement.

2

Eric Seven ne croit pas au coup de foudre.

Il se corrige aussitôt.

Même à cet instant, à l'instant où cela se produit, son cerveau de journaliste rectifie, rayant une opinion depuis longtemps ancrée pour en formuler une nouvelle à la place.

Il ne croyait pas au coup de foudre. Maintenant, il pourrait.

– Je suis Merle, dit-elle.

Lorsqu'elle lui serre la main, une mèche blonde lui tombe sur l'œil, elle l'écarte. Et sourit.

– Bien sûr, c'est vous, dit-il.

En son for intérieur, il se fustige pour cette réplique minable et incongrue, pourtant il l'a proférée sans arrogance, sans même tenter d'être drôle. C'est comme si quelqu'un d'autre avait prononcé ces mots pour lui.

Il se tient debout sur le quai, son unique gros bagage à ses pieds. Derrière lui, le vapeur reprend la mer afin de regagner le continent. Les quelques autres passagers ont déjà disparu dans les étroits sentiers de l'île.

Le calme règne.

La jeune femme appelée Merle se détourne légèrement, fait un geste, et Eric constate qu'un petit groupe de gens l'accompagnent. Eux aussi lui sourient.

D'un pas en avant, un vieil homme se détache du groupe.

– Je suis Tor, dit-il en tendant la main.

Eric la lui serre, vaguement mal à l'aise.

– Vous étiez informés de ma venue ? demande-t-il.

– Pas précisément, répond Tor. Mais nous ne recevons guère de visiteurs. L'annonce d'une arrivée nous est parvenue, et nous sommes venus vous accueillir, monsieur... Seven ?

– Oui. Oui, c'est ça. Eric Seven.

Tor lève un sourcil broussailleux. Il a le visage long et si raviné qu'il est difficile de lui donner un âge. Eric remarque également que l'un de ses yeux, d'un blanc laiteux, ne semble pas capable de fixer. Peut-être est-il carrément aveugle de cet œil. Eric s'efforce de ne pas regarder.

– Eh bien, il en va ainsi, murmure-t-il, presque pour lui-même.

– Seven ? interroge Tor. Vous êtes membre de la Véritable Église Moderne ?

– Mes parents en faisaient partie. C'étaient des convertis de la première génération, dans les années deux mille vingt. Je...

Il s'interrompt, hésite quant à la façon de poursuivre.

– J'ai pris mes distances. Ça ne signifie rien pour moi.

– En ce cas, pourquoi garder le nom ? s'enquiert Tor avec un sourire. Si je puis me permettre cette question.

Eric se tait un instant.

– Pour plusieurs raisons, je suppose. Le respect, peut-être. Et bien que je ne sois pas croyant, j'aime l'idée du baptême renouvelé.

Merle, qui a assisté à l'échange, incline la tête un bref instant. Ses cheveux retombent devant ses yeux. Eric, lui, a le sentiment de tomber amoureux encore plus vite. Il se sent ridicule aussi. Il ne sait que dire, que faire, heureusement elle prend la parole à son tour :

– Qu'est-ce que c'est ? Quelle est-elle, cette idée ?

– Les fondateurs de la Véritable Église Moderne avaient de nombreux principes et croyances, mais la majeure partie de leur enseignement est pragmatique, il concerne les relations entre les individus, vis-à-vis de la société, etc. Ils estimaient que les noms étaient des étiquettes, des chaînes, lourdes de sens et d'histoire, en conséquence les vecteurs des préjugés et du mépris. Celui qui rejoint l'Église est invité à se choisir un nom nouveau, qui ne soit porteur ni de sens, ni d'histoire, ni de préjugés. Les nombres sont très prisés dans l'Église ; ils paraissaient neutres. Dépourvus de sens.

Merle incline davantage la tête. Eric se sent submergé par la joie, il brûle d'envie de la prendre dans ses bras. Il n'en fait rien, mais se demande comment ce serait de la sentir tout contre lui.

– Cependant, monsieur Seven, reprend Tor, tous les mots ont un sens. En particulier les noms. Même les nouveaux noms. Quant aux nombres…

Eric hausse les épaules.

– Quel était le nom de vos parents avant qu'ils ne rejoignent l'Église ?

Eric est désarçonné. Il n'a pas envie de parler de ses parents. Il est temps de changer de sujet. Il regarde Tor et Merle, puis les deux femmes et l'autre homme qui les accompagnent. Tous lui sourient.

– Vous êtes toujours aussi accueillants avec les visiteurs ?

– Nous ne recevons guère de visiteurs, répète Tor.

Eric note qu'on n'a pas répondu à sa question mais il laisse tomber.

– Pourquoi êtes-vous venu à Blessed Island ? continue Tor en souriant.

Eric s'apprête à lui répondre mais, subitement, quelque chose l'arrête. Mieux vaut ne pas mentir. D'ailleurs, dans ce genre de situation il s'en remet généralement à la méthode basique : révéler juste ce qu'il faut de vérité.

– Je suis journaliste, explique-t-il. Ma rédactrice en chef veut un article sur votre île. Elle a entendu dire que c'est un lieu magnifique. Un lieu particulier.

Pour ce qui est du paysage, c'est la vérité. Derrière le comité d'accueil, un petit sentier se sépare en deux, l'un des chemins part le long du rivage, l'autre grimpe sur une pente douce. Eric aperçoit des maisons en bois, modestes et pourtant coquettes, la plupart peintes de couleurs vives : des rouges grenat, des bleus pâles, des gammes du jaune à l'ocre. Elles sont flanquées de petits buissons de roses et de bouleaux élancés. Des abeilles fredonnent.

Derrière lui, les flots bleus clapotent contre les pierres du quai et les mouettes crient dans le ciel.

– Resterez-vous longtemps ? demande Tor en considérant l'unique bagage du visiteur.

– Je ne sais pas encore, dit Eric.

Il regarde Merle. Elle sourit.

3

Eric Seven se trouvait dans la Maison de la Croisée avec Tor et les autres venus l'accueillir au ferry. Seule Merle manquait.

– Où comptiez-vous séjourner, monsieur Seven ? avait demandé Tor alors qu'ils s'éloignaient à pied du quai, en direction du sud.

– Appelez-moi Eric, je vous en prie.

– Où comptiez-vous séjourner, Eric ?

– Je ne sais pas.

Tor souriait.

– Nous n'avons pas d'hôtel. Je vous le disais, nous...

– ... ne recevons guère de visiteurs, avait terminé Eric. Il y a peut-être un genre de maison d'hôtes ?

– Non, avait répondu Tor. Il n'existe rien de tel. Mais ne vous inquiétez pas. Nous allons trouver une solution.

En attendant, vous êtes le bienvenu en ma demeure. Nous pouvons prendre le thé le temps que les choses s'organisent.

Ils avaient suivi l'étroit sentier, appelé Chemin du Logis, qui s'incurvait doucement ici et là, sans cesser de se diriger vers le sud de l'île, bordé de part et d'autre de jolis jardins et de maisons pimpantes, certaines plantées sur le passage même, d'autres en retrait sur de petites hauteurs rocheuses au milieu des arbres. Par endroits filaient des sentes latérales, encore plus étroites, plus tortueuses. De minuscules panneaux indiquaient alors en lettres blanches sur fond bleu : « Petite-Combe », « Grand-Combe », « Le Vert », « La Courbe ».

Tout cela était beau, très beau.

Sur le trajet, Eric vit plusieurs fois des gens attablés dans leur jardin, qui savouraient le soleil vespéral en buvant un verre de vin ou en dînant. Tous saluaient Tor, celui-ci répondait d'un signe de tête et d'un sourire.

Au bout d'une dizaine de minutes, ils parvinrent à une intersection où le Chemin du Logis en croisait un autre de taille équivalente, appelé Chemin de la Croisée.

– Ma demeure, dit Tor en désignant la plus grande maison qu'Eric eût vue jusque-là sur l'île.

Trônant seule sur une petite hauteur, la grande bâtisse en bois sombre dominait le carrefour. Elle était d'un style légèrement différent des autres, moins charmante, plus… Eric chercha le mot. Plus austère.

– Nous sommes ici au centre de l'île, Eric. Bienvenue.

Eric était donc assis dans la Maison de la Croisée, tenant entre ses mains un mug en céramique empli de thé noir.

Les deux femmes prénommées Maya et Jane, plus jeunes que Tor et plus âgées que Merle, avaient paru plutôt amicales tandis qu'elles préparaient le thé dans la grande cuisine de Tor, mais elles n'avaient pas prononcé un mot. L'autre homme s'appelait Henrik, lui aussi était plus jeune que Tor, quoique cela fût difficile à déterminer tant son visage était buriné. Le climat de Blessed Island devait être rigoureux, supposait Eric.

Peut-être les rumeurs sont-elles fondées, pensa-t-il encore. Peut-être ces gens vivent-ils éternellement, va savoir si Tor n'a pas cent vingt ans, et si les autres ne sont pas des jeunots de quatre-vingt-dix-huit printemps.

– Si nous pouvons vous aider pour votre article, dit Henrik, si vous avez besoin de quoi que ce soit, n'hésitez pas à demander. Nous sommes les Gardiens de Blessed, et...

Tor toussa, si discrètement que cela ne ressemblait pas à un signal, cependant Henrik s'interrompit et corrigea :

– Tor est *le* Gardien de Blessed. Nous, à savoir Maya, Jane et moi, sommes les gardiens auxiliaires de l'île. En cas de nécessité, il vous suffit de vous adresser à l'un de nous et les choses s'arrangeront.

– Merci, dit Eric. Vous êtes tous très aimables.

Il se demandait où était passée Merle.

Ce n'était même pas qu'elle fût belle, pas au sens où on l'entend généralement. Elle était plus que jolie, voilà ce qu'il pouvait dire, mais ce n'était pas cela qui l'avait frappé. C'était simplement son visage, ses yeux. À l'instant où il l'avait vue, il y avait eu un déclic. Il avait compris en un éclair. Il reconnaissait son visage. Comme s'il retrouvait une vieille amie, depuis longtemps perdue, et cela provoquait en lui un bouleversement. Ce constat l'ennuyait.

Il dodelina de la tête.

– Je suis fatigué, dit-il, excusez-moi. Pourtant, j'irais bien prendre l'air avant de me coucher. Puis-je... ?

– Bien sûr, répliqua Tor. Allez donc explorer un peu les environs et nous viendrons vous chercher dès que votre logis sera prêt. Ne vous éloignez pas trop.

⁂

Eric se tient au sommet d'une colline petite mais très pentue baptisée le Point de Vue, il regarde vers l'ouest, il contemple le soleil à l'horizon, il pense à Merle. Le sentier qu'il a emprunté est étrange — il est nettement tracé, aussi nettement que tous ceux qu'il a vus jusqu'ici, mais il s'arrête brusquement au sommet de la colline, devant un fourré imposant, visiblement il ne continue pas au-delà. Eric s'est éloigné de quelques pas afin de grimper sur une saillie rocheuse depuis laquelle il peut regarder en direction de l'ouest par-dessus le faîte de la végétation.

Les questions de Tor sur ses parents lui reviennent, et il se rend compte qu'il n'a pas pensé à eux depuis de nombreuses années. Presque comme s'ils étaient morts. Ils ne le sont pas, mais c'est équivalent. Voilà des années qu'il ne les a vus ni ne leur a parlé. En gros, depuis qu'il a eu l'âge de quitter la maison et de partir seul parcourir le monde.

Tor. Qu'est-ce qui cloche chez cet homme ? Son œil, déstabilisant certes, mais il y a autre chose.

Le vieillard s'est montré serviable au possible, aussi pourquoi Eric éprouve-t-il ce sentiment de défiance à son égard ?

Il revient à la pensée qui l'a le plus troublé lorsqu'il était chez Tor. Il reconnaissait le visage de Merle.

Reconnaissait. Or c'est impossible puisqu'il n'a jamais vu cette femme auparavant.

Il sort son ordinateur, peut-être pour vérifier, et s'apprête à consulter OneDegree lorsqu'il constate une nouvelle bizarrerie ; il ne capte aucun réseau.

Bien sûr, il sait qu'il existe des endroits privés de réception, mais il ne s'est jamais trouvé dans pareil désert.

Il est parcouru d'un frisson quand il comprend que l'appareil qui orchestre sa vie entière n'est soudain plus qu'un coûteux petit boîtier en plastique, silicone et verre.

Il pense à OneDegree, à la façon dont ce système repère d'autres individus à travers l'espace. Il se demande s'il est concevable d'imaginer quelque chose de ce genre qui ne passerait pas par un ordinateur, par l'électronique...

Il regarde à nouveau l'horizon.

Il n'est jamais venu ici, cependant il a bien le sentiment d'avoir rencontré Merle auparavant, et puis il éprouve une autre sensation, qui d'une certaine façon le perturbe davantage.

Pourquoi a-t-il l'impression de rentrer à la maison ?

– À mon avis, ça ne fonctionne pas.

Il sursaute, fait volte-face, voit Merle quitter le sentier et s'approcher de lui.

Se sentant idiot, il range son portable. Il profite de l'occasion pour observer la jeune femme qui avance vers lui, regrettant déjà la brièveté de l'instant qui ne lui permettra évidemment pas de saisir son mystère.

– Je crois que vous avez raison, dit-il au moment où elle le rejoint. Mais comment vous débrouillez-vous sans ces trucs ?

– Nous nous en sortons très bien, répond Merle en riant. Nous vivons différemment ici.

– Sans voitures, par exemple ?

– Nous ne sommes pas le seul lieu au monde où la voiture n'est pas indispensable.

– Je ne sais trop ce qu'il en est de l'indispensable, dit Eric, mais, en effet, depuis que le pétrole s'est raréfié, on a opté pour des alternatives dans beaucoup d'endroits.

Il se demande pourquoi il est infichu de trouver un meilleur sujet de conversation que le pétrole. Les voitures. Les ordinateurs. Ils sont seuls à présent, pour la première fois. Il peut presque sentir la chaleur du corps de la jeune femme tant elle est proche.

– C'est vrai que vous êtes arrivé ici par le bateau à vapeur, alors…

Eric acquiesce.

Et avant cela, pense-t-il, j'ai voyagé sur un bon vieil avion à l'ancienne, qui consomme des milliers de litres de carburant. Avec un prix du billet en conséquence.

– C'est une petite île, et une petite communauté. Nous n'avons pas besoin de courir. Nous marchons. Si quelque chose presse, on peut emprunter une bicyclette.

Eric s'efforce de réprimer un rire. Il n'a pas l'intention de se montrer grossier mais l'expression sérieuse de Merle l'amuse.

Elle ne semble pas vexée ou, si elle l'est, n'en montre rien.

– Regardez, dit-elle en pointant le doigt vers le ciel.

La lune est visible, moins basse que le soleil elle dessine un disque rose pâle dans le ciel bleu sombre.

– C'est la Lune Floraison.

– La quoi ?

– C'est l'ancien nom de la lune de ce mois-ci, explique Merle. La lune des fleurs. Voyez-vous comme elle est rose ?

– Magnifique, approuve Eric.

Ils se taisent durant un moment, se contentant de contempler la lune, antique, vieille comme la nuit des temps, et indéchiffrable. Mystérieuse. Puissante.

Merle murmure quelques bribes d'une vieille chanson.

– *Aucun de vous ne peut se tant grandir, à rose lune il faudra bien périr.*

Elle semble soudain émerger.

– Votre maison est prête, dit-elle. Il est tard. Je suis certaine que vous êtes fatigué.

Eric est *très* fatigué.

– Merci, répond-il, sincèrement. C'est généreux de votre part de m'offrir un gîte.

Il songe à son budget.

– Franchement, une pièce me suffit, continue-t-il. Et je peux vous dédommager pour tous les soucis que...

– Ce ne sera pas nécessaire. Les Gardiens vous ont attribué une maison, près de la prairie. Elle est confortable, mais n'hésitez pas s'il y a quoi que ce soit d'autre que nous puissions faire pour vous.

Ils s'en vont par les sentiers, et Eric essaie de se rappeler que c'est normalement la nuit, ce qui est difficile car il fait presque aussi clair qu'en plein jour.

– Ça ne perturbe pas votre sommeil ? demande-t-il. Cette lumière constante ?

– Vous n'imaginez pas ! Mais nous avons des parades. D'épais rideaux, des stores occultants. Ça aide. Le thé aussi : l'infusion que vous avez bue vous permettra de mieux dormir. Nous y sommes.

Elle s'arrête et désigne à Eric son logement.

C'est une maison en bois bleu, petite mais élégante, dotée d'un jardin privatif où l'herbe est bien tondue, où les rosiers ploient sous leur généreuse floraison. Le chèvrefeuille qui grimpe sur la façade encadre la fenêtre de l'étage. Il y a d'autres fleurs dont Eric ignore le nom. Celui de la maison est peint sur la porte. *La Griffe.*

– Un nom curieux, commente Eric à mi-voix.

– Ça vient de l'ancien dialecte. C'était un type de bateau de pêche, je crois.

Brusquement, Merle plisse le nez et éternue.

– Les pollens, fait-elle, avant d'éternuer de nouveau.

– À vos souhaits.

Merle regarde Eric.

– Ne dites pas cela.

– Pourquoi ?

– Nous ne disons pas cela ici, sur l'île. Nous pensons que... ça porte malheur.

– C'est étrange.

– Ce n'est qu'une autre de nos petites différences, dit Merle.

Elle sourit et se détourne pour partir. Eric brûle de lui dire quelque chose. Quelque chose qui aurait du sens. Il ne trouve pas.

– Bonne nuit, Eric Seven, lance-t-elle en s'éloignant. La maison n'est pas fermée à clef.

Elle s'attarde encore un moment près de la porte, puis elle s'en va.

Eric s'imagine voir ses lèvres remuer. Il imagine le mot unique qu'elle lui adresse.

Toi.

Il se demande ce qu'il aurait éprouvé si elle l'avait vraiment prononcé.

⁂

Eric pénètre dans sa maison et trouve son chemin jusqu'à la chambre. Le temps de l'atteindre, il se sent tout drôle, vaguement étourdi. À cause de la fatigue, se dit-il, du dépaysement aussi ; il y a également le parfum de ces multiples fleurs, et le goût du thé qui lui revient en bouche.

Il s'effondre sur le lit, ses pensées sombrent dans un gouffre profond, profond, un abîme qui vient de s'ouvrir en lieu et place de son cerveau.

Simultanément, une ultime réflexion lui vient, pour aussitôt se perdre dans la cascade tumultueuse où bascule sa raison.

Il se trouve sur Blessed Island depuis plusieurs heures déjà.

Il a rencontré quelques individus, il en a aperçu beaucoup plus.

Parmi eux, il n'a pas vu un seul enfant.

4

Eric dort profondément.

Lorsqu'il s'éveille, il se sent beaucoup mieux. En excellente forme.

Ouvrant les yeux, il est surpris de découvrir que la pièce est plongée dans une obscurité totale. D'abord, il se dit que la nuit est finalement venue, puis il se rappelle qu'il n'y aura pas de nuit ici pendant au moins un mois ou deux. Pas de nuit à proprement parler.

Il avance prudemment jusqu'à trouver la fenêtre et écarte les rideaux.

Il fait toujours noir ; ses mains tâtonnent, rencontrent le store occultant dont a parlé Merle, finissent par trouver un cordon sur le côté, il fait jouer le mécanisme enrouleur.

Une lumière soleilleuse brutale inonde la pièce, il ferme les yeux et attend que ceux-ci s'accoutument.

Quand il les rouvre, il est subjugué par la beauté de l'île.

La fenêtre donne au sud-est. En contrebas, un nouvel échantillon de paradis s'offre à sa vue. Des maisons gaiement colorées, de petits sentiers, de grands bouleaux qui balancent dans la brise, et partout des fleurs.

Des fleurs.

Des gens marchent sur les chemins, s'interpellent et s'arrêtent pour bavarder aux minuscules croisements qui évoquent un paysage miniature. Eric entend de la musique, venue d'un endroit qu'il ne voit. Puis un chant. On dirait qu'une dizaine de voix ont entonné cette mélodie lancinante, presque dissonante quoique belle, accompagnées seulement par une guitare et un accordéon. Il tente de saisir les paroles, mais les mots s'envolent.

Le ciel est d'un bleu pur et, vraiment, il y a partout des fleurs.

Eric se sent merveilleusement bien. Les incertitudes de la nuit se sont dissipées. Ce qu'il a pensé plus tôt est oublié.

Mais il a faim, incroyablement faim. Se demandant si l'on aura été assez attentionné pour lui laisser quelques provisions, il descend au rez-de-chaussée. Là il découvre un petit déjeuner complet disposé sur la table de la cuisine. Un pot de café est tenu au chaud sur le fourneau.

– Hello ? appelle-t-il. Ohé ? Il y a quelqu'un ?

Personne. Il s'assied et mange comme il n'a jamais mangé auparavant. Il y a du pain, du miel, des fromages, une espèce de viande séchée savoureuse, du jus de pomme, enfin il y a le café. Au milieu de la table trône dans un vase un bouquet de jolies petites fleurs jaunes, tout juste cueillies dans la prairie.

Des fleurs.

Des fleurs, pense-t-il. Des fleurs.

Il devait faire quelque chose, justement, à propos de fleurs.

Sauf qu'il ne se souvient plus.

Il finit joyeusement de se sustenter.

5

En consultant sa montre, Eric est surpris de constater qu'il est midi passé.

Il a dormi longtemps. Il sort au grand jour et décide d'une petite promenade. Il croise des gens, certains entretiennent leur jardin, certains marchent, d'autres ne font rien. Tous lui sourient. Il leur répond par un léger hochement de tête, un peu intimidé.

Il se retrouve à gravir un sentier au milieu du bouquet d'arbres qui flanquent sa maison, puis à redescendre de l'autre côté ; là, il n'y a plus d'arbres, seulement la mer devant lui, ourlée par l'étirement rocheux du rivage.

Il est soudain pris par une envie puissante de nager. C'est une journée chaude, la mer paraît accueillante. Il explore un moment la grève, trouve bientôt une crique minuscule dissimulée dans les rochers. Il regarde aux alentours. Il n'a ni serviette ni maillot de bain mais l'endroit est désert. Il est certain qu'on ne peut le voir depuis le sentier d'où il est descendu.

Il se déshabille promptement et, depuis un rocher tiédi par le soleil, se laisse glisser dans l'eau. C'est bon, d'un froid saisissant au début, mais cette fraîcheur d'eau salée est délicieuse.

Il ressort et, cette fois, trouve un rocher plus élevé d'où s'élancer.

Il plonge, fend la surface rassurante des flots pour s'enfoncer dans le monde plus froid, plus sombre, plus dangereux des profondeurs. Les ténèbres sous la beauté.

Quand il refait surface, l'eau lui dégouline du visage, inonde ses yeux, goutte de ses oreilles et, comme si elle dissipait les lourdes nuées qui lui embrumaient l'esprit, il se souvient.

– Qu'est-ce que je fabrique ? s'exclame-t-il à voix haute.

Il escalade les rochers, se dirige vers l'endroit où il a laissé ses vêtements.

Il s'immobilise, fixant ses habits. Il les avait abandonnés en tas là où il s'était dévêtu. Or voilà qu'il les retrouve soigneusement étendus, mis à tiédir sur les rochers chauffés par le soleil. Il regarde autour de lui, ne voit personne. Rien.

Secouant la tête, il entreprend de se rhabiller quoique sa peau ne soit pas sèche.

Sur le chemin du retour, il essaie de s'éclaircir les idées, se rappelant à présent pourquoi il est ici, et qu'il est censé travailler. Il marche droit vers La Griffe, il ignore les saluts amicaux. Ayant regagné sa chambre, il attrape son ordinateur ainsi qu'un bloc-note et un stylo, s'assied à la table. Il lui semble entendre un bruit. La porte d'entrée qui se ferme. Il lève la tête, guettant des pas. Personne n'approche, alors, déterminé à ne plus se laisser distraire, il se concentre à nouveau.

– À quoi ai-je pensé ? dit-il en fixant la fenêtre.

Il se met au travail. Il résume ses connaissances.

Blessed Island, une obscure communauté autonome située presque dans le Grand Nord. Nombre d'habitants : inconnu, mais ça ne va pas chercher loin. Ressources économiques ? L'île abritait autrefois une flottille de pêche, aujourd'hui disparue. Si leur moyen de gagner de l'argent lui échappe encore, Eric a déjà pu constater que l'économie locale ne repose pas sur le tourisme. Il n'y a même pas de quoi loger un voyageur et, si l'occasion se présente, ils ne font pas payer.

De quoi vivent-ils ?

Que font-ils ? Sans que rien ne l'y ait préparé, son cerveau se trouve à nouveau ralenti, embrumé, et sa mémoire patine, alors qu'il sait être ici pour enquêter sur un sujet précis.

Il se lève et marche dans la pièce, s'efforçant de s'éclaircir l'esprit.

Il se souvient qu'il possédait quelques notes préliminaires, prises avant son départ. Il allume son ordinateur.

Sur l'écran scintillant, il va droit au fichier Notes.

Il lit.

Fleurs.

Blessed Island est réputée abriter les derniers spécimens d'une orchidée rarissime : Blessed Dragon Orchid, *de son nom latin* Orchidae dracula beati. *Également connue sous le nom d'Orchidée Dracula.*

Eric avait souri la première fois qu'il avait lu ce nom terrifiant, puis compris que Dracula n'avait en l'occurrence rien à voir avec les vampires mais signifiait simplement Petit Dragon. Quant à *beati*, il avait dû chercher avant de découvrir que c'était la traduction latine de *blessed*, bienheureux ou béni.

Petit dragon béni.

Son écran lui proposant des photos, la plante, malgré le sens apparemment innocent de son nom, lui avait paru un peu bizarre, même effrayante. Plus semblable à un animal qu'à une fleur, une chose à tête de dragon hérissée, avec des pétales pourpres et une gorge rouge sang en guise de cœur.

D'après les rumeurs, les insulaires auraient récemment — ou pas — découvert que cette orchidée possède des propriétés thérapeutiques, qu'elle procure bien-être et énergie. Elle régénérerait les tissus cellulaires lésés. Elle pourrait même prolonger la vie.

La rumeur toujours prétend que les insulaires ont extrait un élixir de vie de cette fleur, et qu'ils le vendent sans essais, sans tests ni contrôle scientifique, autant dire illégalement, à des prix exorbitants aux hyper-riches du monde occidental.

Voilà pourquoi il est venu ici.

Lors d'un déplacement à Londres, il a rencontré quelqu'un qui prétendait connaître quelqu'un qui prenait cette drogue. C'est précisément le problème : il s'agit toujours de quelqu'un qui connaît quelqu'un qui connaît quelqu'un. Des on-dit.

Désormais il est à la source, dans la place pour son enquête, mais grâce à OneDegree il a d'ores et déjà appris que l'endroit est peut-être moins connecté au monde extérieur que tout autre.

Il fait défiler quelques écrans afin de continuer à consulter ses notes, il cherche en particulier une carte qu'il se souvient d'avoir copiée. Hélas, à la seconde où elle apparaît enfin, la batterie déclare forfait.

Il va fouiller dans son sac de voyage afin d'y prendre le chargeur, il ne parvient pas à mettre la main dessus.

C'est la meilleure, pense-t-il.

Il examine à nouveau le contenu du sac, explore les poches latérales, celle du devant.

Le chargeur reste introuvable. Il sait pourtant qu'il l'a emporté puisqu'il s'en est servi dans l'avion.

Il vide entièrement le sac de son contenu, lentement, s'enjoignant au calme, s'efforçant de se convaincre que l'objet va tomber d'une chaussette d'un instant à l'autre.

Le chargeur ne réapparaît pas.

Il regarde un à un tous ses effets étalés sur le lit : quelqu'un a subtilisé son chargeur pendant qu'il dormait ou qu'il se promenait.

Quelque chose de froid se fiche dans son esprit.

Une sorte de peur.

6

– Comment avance votre article, monsieur Seven ?

Tor lui sourit. Toujours ce même sourire, qui évoque une attente patiente.

– Très bien, s'empresse de mentir Eric. D'ailleurs, j'aimerais emprunter un vélo.

Imagine-t-il l'hésitation d'une fraction de seconde chez Tor avant d'obtenir sa réponse ?

– Bien sûr. Puis-je vous offrir une tasse de thé ?

Sans attendre un quelconque acquiescement, Tor s'éclipse vers la cuisine de la Maison de la Croisée.

Eric sent l'agacement le gagner. S'il a décidé de ne pas mentionner la disparition de son chargeur, il est en revanche déterminé à ne pas se laisser détourner de son but.

Il entend des voix dans la cuisine. Il est sur le point de risquer quelques pas discrets afin de s'approcher quand Tor réapparaît, une tasse à la main.

– Voilà.

Eric s'empare du mug d'un geste un peu irrité.

– J'ai l'habitude de mettre du lait dans mon thé.

– Celui-ci est meilleur sans, assure Tor avec son sourire immuable. Faites-moi confiance. Il s'agit d'une variété particulière, assortie d'une touche de racine. Maintenant…

– Excusez-moi, je ne voudrais pas me montrer grossier, mais je suis ici pour travailler et j'aurais vraiment besoin d'une bicyclette pour me déplacer. Également d'une carte de l'île.

Tor lève une main.

– Pour la bicyclette, c'est arrangé. Elle sera là dans peu de temps. Si vous vous asseyiez pour l'attendre et boire votre thé tranquillement ? Quant à la carte, je devrais pouvoir vous en dénicher une quelque part. Néanmoins, vous devez être un peu fatigué, je me trompe ?

À peine Tor a-t-il posé la question qu'Eric se sent envahi par une immense lassitude.

– L'infusion va vous faire du bien, continue Tor alors qu'Eric prend place sur un antique mais très confortable sofa. Donc, où ai-je pu fourrer cette carte ?

Eric boit son thé.

7

Eric est content de fuir la maison de Tor.

Il ne sait toujours pas pourquoi cet homme le met mal à l'aise, mais ça ne fait aucun doute. Même si l'individu se montre aimable et serviable.

Eric enfourche son vélo à l'intersection des Chemins du Logis et de la Croisée puis étudie la carte.

Il décide de repartir de zéro, au point de départ, donc de gagner d'abord le nord, jusqu'au quai. De là, il pédalera direction sud, en explorant méthodiquement chaque sentier. Si l'on produit un élixir quelconque ici, cela suppose une culture importante d'orchidée Dracula, autrement dit un champ, ou encore un alignement de serres. Il ne connaît pas grand-chose aux orchidées, il ignore même si l'on peut les cultiver de façon intensive, mais il sait que ce sont des plantes rares et délicates qui exigent pour leur croissance des conditions environnementales savamment étudiées.

Il paraît d'ailleurs incroyable qu'une variété puisse s'épanouir à cette latitude — on comprend qu'elle soit rare.

Il se met en route, et subitement sourit à nouveau.

La majeure partie de sa vie se passe à voyager, à faire des reportages aux quatre coins du monde. Le plus souvent, il est seul, et parfois ses déplacements se révèlent difficiles, voire périlleux. Sans personne pour l'attendre à la maison, sans même un ami de longue date, il se fait parfois l'effet d'un fantôme qui flotte à la surface de la terre, sans point d'ancrage. S'il mourait, il faudrait des semaines avant que la nouvelle parvînt à quiconque, et personne ne le pleurerait. Pour une fois, la première fois, ses pérégrinations l'ont mené dans un lieu charmant, un endroit beau et chaleureux. Il se met à rire.

Il rit de pouvoir descendre en roue libre la totalité du chemin qui mène au quai. Il fend l'air, les abeilles bourdonnent à ses oreilles, affairées à butiner la multitude de fleurs qui explosent de vie sur les bas-côtés.

Des oiseaux chantent, la bicyclette accélère encore. Les pieds écartés des pédales, il savoure la joie que lui procure le simple plaisir de rouler sous le soleil. Il se livre à un petit jeu avec lui-même : combien de temps osera-t-il garder les yeux fermés ? Dès que ses paupières s'abaissent, c'est l'image de Merle qui surgit dans son esprit, l'image du cou de Merle. Que viennent effleurer ses lèvres.

Il se ressaisit, se rappelant qu'il est ici pour travailler, et cependant, alors qu'il atteint le quai, son sourire ne s'est pas estompé.

Sourire qui s'élargit lorsqu'il aperçoit Merle venant vers lui.

– Comment se présente cet article ? lance-t-elle gaiement.

– Que de sollicitude ! On se fait décidément beaucoup de souci pour moi !

Merle semble désorientée par sa réponse.

– Et pourquoi en serait-il autrement ? dit-elle.

Elle incline la tête sur le côté, Eric sent son cœur s'emballer.

– Excusez-moi, fait-il, c'est seulement que votre façon d'être ne ressemble pas à ce qu'on voit dans le reste du monde. Les gens ailleurs ne sont pas si prévenants, si généreux. Tout le monde court à droite, à gauche, pas le temps d'échanger trois mots polis, c'est…

– Je comprends, dit Merle. C'est différent.

– On peut le résumer comme ça.

Dans le silence qui suit, Eric cherche à prolonger la conversation. Il baisse les yeux vers sa bicyclette.

– Tor m'a prêté ce vélo.

Il se morigène intérieurement pour la stupéfiante platitude de ce qu'il vient de dire. Pourtant la vacuité de l'échange ne semble pas porter à conséquence puisque Merle vient de poser la main sur son bras…

– Je t'ai trouvé, dit-elle.

Rien de plus. Avant qu'elle n'ait l'occasion de poursuivre, quelque chose la distrait, qui attire son œil par-dessus l'épaule d'Eric.

– Tiens... Et aussitôt le Diable apparut, soupire-t-elle, car quand on prononce son nom, il n'est jamais loin.

– Pardon ? fait Eric.

Merle ne lui répond pas. Il se retourne et découvre Tor planté derrière lui.

– Vous n'avez pas mis longtemps pour venir jusqu'ici, commente Eric assez sèchement.

– Une petite promenade depuis la Maison de la Croisée, rétorque Tor. N'oubliez pas que nous sommes sur une petite île. Il ne faut jamais longtemps pour aller d'un point à un autre. Même à pied, et même pour un vieillard tel que moi.

De nouveau, Eric s'interroge sur l'âge de Tor. La question vaut d'ailleurs pour chaque habitant de Blessed Island.

– Je dois discuter d'une affaire avec Merle, annonce Tor en souriant.

Il attend. Dardant sur Eric son unique œil valide.

– Oh, bien sûr... bredouille Eric. Eh bien, j'y vais. À plus tard.

Disant cela, il ne regarde que Merle, espérant quelque réaction de sa part.

Un très bref instant, une expression d'une vibrante intensité semble se peindre sur le visage de la jeune femme, l'instant suivant Eric se dit qu'il s'est trompé. Il regarde ses lèvres et ses yeux, l'arc de son sourcil, et il se rend compte qu'elle *est* belle.

– Au revoir, Eric, dit-elle.

Il hoche la tête, se remet en selle et part en pédalant.

Je t'ai trouvé.

Y avait-il un sens plus profond derrière ces mots ?

Il veut le croire.

8

Eric poursuit son exploration jusqu'en fin d'après-midi. Il ne trouve rien, du moins rien de ce qu'il cherchait.

Ni orchidées, ni trace d'une exploitation agricole quelconque, ni rien qui ressemble à un laboratoire, même rudimentaire — il suppose qu'il saurait reconnaître ce type d'installation s'il tombait dessus. C'est sur ce genre de perspicacité que repose son job, et il a toujours secrètement pensé que c'est la raison de son succès professionnel. Ça et autre chose, peut-être moins facile à admettre : il n'est jamais satisfait. Ni dans la vie, ni au travail, ni en amour — il veut toujours plus. Ce désir viscéral de chercher toujours plus loin a fait de lui un bon journaliste mais, bien qu'il en ait conscience au fond de lui, il n'a jamais reconnu formellement que cette même qualité a engendré sa solitude, avec un cœur qui bat fébrilement de peur de ne pas toucher au but. Pourtant, chaque fois il se produit un déclic quand il est sur la bonne piste. Un déclic, c'est tout. Comme il a senti un déclic en voyant Merle.

⁂

Revenu à proximité de la Maison de la Croisée, il déplie de nouveau la carte afin de décider où poursuivre ses investigations.

Il se fait tard mais cela n'a pas d'importance puisque la nuit ne viendra pas. La Lune Floraison se lève au-dessus de la colline. Il étudie la carte que Tor lui a donnée.

On la dirait tracée à la main, en même temps on voit qu'elle est imprimée, comme le nom de l'île en couverture et le prix inscrit au dos. Quelque chose dans cette carte chiffonne Eric, mais réfléchir lui paraît pénible et difficile. Il se demande s'il n'est pas malade, c'est la deuxième fois que son cerveau se met en rideau de cette façon. Un brouillard.

Avec effort, il parvient à chasser la brume, et lui revient alors en mémoire l'image de la carte de Blessed Island qu'il avait chargée sur son ordinateur portable.

La carte qu'il a sous les yeux n'est *pas la même* que celle qu'il avait saisie à son bureau.

Cette dernière présentait deux moitiés, une forme très particulière, une symétrie pareille aux deux ailes d'un papillon, même si la moitié ouest était légèrement plus petite, conférant à l'ensemble une allure déséquilibrée. Les deux parties étaient liées par une étroite bande de terre.

Eric regarde la carte qu'il tient en main. Seule la moitié est de l'île est imprimée. Manque l'autre moitié.

Mais enfin, se dit-il, pourquoi imprimerait-on une carte représentant une *demi-île* seulement ?

Ce serait idiot. À moins, à moins, à moins qu'on veuille garder secrète l'existence de l'autre moitié.

Là, il tient quelque chose, il le sait ; et il sent que sa cervelle de journaliste fonctionne bien quand s'établit aussitôt un autre lien.

Ce sentier, en haut de la colline, la veille au soir.

C'était un sentier qui n'allait nulle part, ou, tout au moins, semblait n'aller nulle part.

Il partait du Chemin de la Croisée. Eric tourne son vélo et se remet à pédaler.

9

Il est à mi-chemin de la colline, en fait un relief peu élevé mais terriblement abrupt, lorsqu'il s'arrête. La pente est trop raide pour être grimpée à vélo, même en changeant de braquet et en s'arc-boutant sur les pédales — les muscles de ses jambes le supplient de cesser — mais il y a autre chose. Cet effort brutal l'amène à repenser aux trajets qu'il a effectués jusque-là à bicyclette.

Il se souvient d'avoir dévalé en roue libre jusqu'au quai. Puis il se souvient du retour, or il n'a pas pédalé bien dur pour revenir à son point de départ. À vrai dire, il a l'impression d'avoir été en roue libre sur la majeure partie du parcours. Sinon sur la totalité. Maintenant qu'il y réfléchit, s'il passe en revue tous les autres endroits où il est allé, il ne se rappelle pas avoir eu à pousser une seule fois sur les pédales, nulle part, pas avant de s'attaquer à cette fichue colline. Ce n'est pas logique et, l'espace d'un instant, il se demande si tout cela n'est pas un rêve.

L'autre hypothèse, la seule, est que le vélo soit enchanté.

Il regarde le deux-roues puis secoue la tête.

– Bien, d'accord, marmonne-t-il en renonçant à comprendre. Il en va ainsi.

Tête baissée, il pousse le vélo jusqu'au sommet de la colline, à proximité de la saillie rocheuse qu'il a escaladée la veille. Il couche la bicyclette non loin du rocher et entreprend son examen des lieux. Le sentier paraît bel et bien s'arrêter net devant un mur de végétation.

C'est un fourré très dense, constitué de buissons, d'arbustes et d'arbres étroitement mêlés. Il tente d'y pénétrer mais forcer le passage paraît difficile.

À cet enchevêtrement hostile s'ajoutent les épines ; il lui semble qu'une clôture en fil de fer barbelé serait plus facile à affronter. Une branche le fouette en plein visage, provoquant sa colère. Décidé à ignorer la douleur, il rentre la tête dans les épaules et plonge au cœur du taillis.

Il atterrit à quatre pattes, dans un minuscule espace moins touffu.

Un visage le regarde, à quelques centimètres de son nez. Sauf que ce n'est pas un visage. Il s'agit d'un rocher sur lequel sont peintes deux taches bleues, chacune entourée d'un cercle blanc, on dirait des yeux. À y regarder de plus près, les taches sont disposées de part et d'autre d'une saillie de la pierre, si bien que l'ensemble évoque une créature primitive statufiée, lézard ou dragon, dotée de deux yeux latéraux.

Son attention se porte vers le sous-bois, et il sursaute presque quand, à peu de distance, il découvre un autre visage de pierre, avec un seul œil cette fois, au regard oblique.

Il entend des voix, il se fige.

Regardant en arrière, il distingue vaguement, à travers le rideau de broussailles, des silhouettes debout à côté du vélo. Deux ou trois personnes. Il ne parvient pas à saisir leurs paroles ; elles s'expriment doucement, mais ensuite il voit leurs jambes quitter le sentier pour s'approcher du rocher, son point d'observation.

Il ne veut pas être surpris ici, aussi décide-t-il de tenter de retraverser rapidement. La chance lui sourit : il se révèle plus aisé de sortir du hallier que d'y entrer.

Après avoir jeté un coup d'œil sur sa gauche, il s'empare de la bicyclette, et le voilà qui file en roue libre avant que ceux qui risquaient de le surprendre n'aient le temps de regagner le sentier.

Au pied de la colline, il vire à droite et se retrouve bientôt devant la Maison de la Croisée.

Il consulte sa montre, constate qu'il est tard, mais décide qu'il est trop fatigué pour se soucier d'offenser Tor.

Il appuie le vélo contre le portillon et s'engage dans l'allée. C'est encore une soirée chaude, les fenêtres sont ouvertes. Alors qu'il s'apprête à frapper à la porte, il entend des voix venant de l'intérieur. On parle haut et fort.

Il hésite puis se glisse au coin de la maison, sous une véranda qui fait angle.

Il se poste près de la fenêtre de la cuisine, s'efforçant, au cas où quelqu'un l'apercevrait, de ne pas avoir l'air d'espionner.

Il reconnaît la voix de Tor, ainsi qu'une autre qu'il identifie comme celle d'Henrik. Il y a des voix féminines également. Maya et Jane, probablement. Et l'autre, est-ce celle de Merle ?

Oui, il en est certain.

– Nous ferons tout comme nous l'avons toujours fait.

C'est Tor qui vient de parler. Le présumé Henrik réplique :

– Mais est-ce que ce sera bénéfique ? Nous avons essayé pendant si longtemps !

– Nous ferons tout comme nous l'avons toujours fait, répète Tor d'une voix coléreuse. Nous agirons comme ont agi nos ancêtres.

S'ensuit un tumulte, tout le monde parlant à la fois.

– Je suis d'accord avec Henrik, énonce distinctement Merle. Nous devrions essayer différemment.

Un silence. À l'issue duquel Tor reprend, plus doucement :

– Merle, mon enfant. Tu parles de choses auxquelles tu n'entends rien. Tu es notre trésor. Tu es la plus jeune d'entre nous, et pour cette seule raison nous te chérissons et te respectons. Mais tu ne sais pas tout ce qu'il y a à savoir.

La plus jeune d'entre nous ?

Eric se rappelle n'avoir vu aucun enfant sur l'île. Pas un seul. Et Merle est assurément la personne la plus jeune qu'il ait vue depuis son arrivée.

– Tu ne sais pas tout ! insiste lourdement Tor.

– Et toi ?

Il perçoit l'intonation de bravade chez Merle, comme il devine la rage qui suinte par tous les pores de la peau de Tor.

– Suffit ! J'ai parlé. Je suis le Gardien de Blessed Island, et j'ai parlé. Vous avez tous des devoirs. Veillez à vous en acquitter, et bien. Maintenant, partez !

La réplique est de nouveau saluée par un brouhaha de voix, et sans doute Tor cogne-t-il du poing sur la table car on entend le bruit d'un coup puissant, après quoi le silence revient.

La voix de Tor se fait de nouveau entendre, mais si grave et si basse cette fois qu'Eric ne peut décrypter ses paroles.

Il en a suffisamment entendu. Revenu prestement devant la façade de la maison, il frappe puis, sans attendre d'y être invité, ouvre la porte et entre.

Il manque de bousculer Merle qui se trouvait dans le vestibule.

Surprise, elle va pour parler mais, avant qu'elle puisse émettre un son, Tor apparaît sur le seuil de la cuisine.

– Est-ce une habitude chez vous, monsieur Seven, d'entrer chez les gens sans y être invité ?

Sa voix est posée, ferme, dépourvue de la colère qu'Eric a perçue précédemment.

– Je... Non, je... J'ai entendu des éclats de voix. Je venais m'assurer que tout allait bien.

Tor semble réfléchir un instant.

– C'est gentil de votre part, mais nous n'avons aucun problème.

– Vous avez tous été si sympathiques, reprend Eric d'un ton amène. C'était le moins que je puisse faire.

– Vous vous êtes mépris, je crois, dit Tor. Nous nous portons tous très bien. N'est-ce pas, Merle, que tu te portes bien ?

Merle acquiesce d'un hochement de tête. Sans aucune trace d'inquiétude ou de peur, elle sourit à Tor.

– Oui, très bien, Gardien. À merveille.

– Voilà. Vous voyez. Vous n'avez aucun souci à vous faire. Merle, tu étais sur le point de rentrer chez toi.

Sans ajouter un mot, sans un regard ni pour l'un ni pour l'autre, Merle prend congé, franchissant la porte et la refermant derrière elle. En la regardant disparaître, Eric remarque sa haute taille. Il n'y avait pas prêté attention jusque-là.

– Alors, Eric, comment avance votre reportage ? Vous avez eu une longue journée.

Eric est coincé, il ne sait que faire. Après avoir volé au secours de Merle, il se voit à présent offrir une nouvelle tasse de thé par l'ennemi.

Il suit Tor dans la salle de séjour, et constate distraitement que les autres visiteurs se sont éclipsés. Apercevant le vieux canapé confortable, il se sent soudain à nouveau épuisé.

– Du thé, donc ? dit Tor.

Eric le dévisage.

– Oui, s'il vous plaît.

– Avec du lait ?

– Oh, non merci. Vous aviez raison, c'est bien meilleur sans.

Tor approuve d'un hochement de tête et repart vers la cuisine.

– Je suis content que vous en conveniez, dit-il.

Revenu au séjour, il observe paisiblement Eric qui avale son thé. La fatigue assaille le jeune homme par vagues, paradoxalement le goût amer du breuvage lui rend la lassitude agréable.

Tout ce qu'il lui reste à faire, tout ce qu'il lui reste à faire désormais, pense-t-il, c'est d'effectuer le bref trajet qui le reconduira à sa maison, où enfin il pourra dormir.

10

Eric dort jusqu'à une heure tardive.

À cause des rideaux, des stores, se dit-il.

– Rien pour me réveiller, énonce-t-il à voix haute.

Il décide de programmer un réveil pour le lendemain matin, ne se rappelant pas que la batterie de son ordinateur portable est à plat et que son chargeur a disparu.

Il prend une douche, très longue, puis descend au rez-de-chaussée avec l'intention de dévorer à nouveau un copieux et succulent petit déjeuner. Une vague pensée lui trotte dans la tête, plutôt une sensation, un genre de démangeaison. Mais c'est tellement ténu qu'il parvient rapidement à s'en détourner. Il y a sur la table un bol de framboises fraîchement cueillies. Il en engouffre une pleine poignée, puis une autre, encore une autre, jusqu'à ce que le bol soit vide.

Il s'assied et pousse un soupir de contentement.

Ce n'est qu'à cet instant qu'il voit un mot écrit à la main sur une feuille de papier appuyée contre le vase de fleurs trônant au milieu de la table.

C'est une si belle journée pour nager. La jetée sud est idéale.

Il s'empare du message, lentement.

– Il en va ainsi ! s'entend-il prononcer.

Son petit déjeuner terminé, il va chercher une serviette dans la salle de bains et part en direction du sud.

Pour autant qu'il s'en souvienne, il ne s'est encore jamais aventuré à l'extrémité sud de l'île... Il ne se demande même pas pourquoi il est incapable de se rappeler s'il s'y est rendu ou non. Pas plus qu'il ne se rend compte qu'il a perdu la notion du temps, alors qu'il n'est arrivé que depuis quelques jours.

Les tours et détours du Chemin du Logis lui font découvrir d'autres maisons gaiement colorées, jusqu'à ce qu'il atteigne un carrefour où un petit panneau de bois indique la direction de la jetée. Il suit le sentier plus étroit durant quelques minutes encore puis aperçoit la mer devant lui.

C'est beau. Tellement beau. Rien de spectaculaire cependant, pas de quoi rester bouche bée, c'est simplement une vue ravissante, de ces paysages qui font chaud au cœur et rendent joyeux du seul fait de leur existence. Les tons gris et bruns des rochers, les arbres et les herbes folles, la mer... tout cela l'attend, tout cela uniquement pour lui ; l'endroit est complètement désert, il ne voit ni maisons ni habitants.

Il descend jusqu'à la jetée et s'y assied, il a ôté ses chaussures pour tremper ses pieds. Au bout d'un moment, il se déshabille entièrement et se glisse dans l'eau. Il nage assez loin de la jetée.

Lorsqu'il se retourne pour contempler l'île, il ressent à nouveau la curieuse démangeaison dans un coin de son esprit. Il se rapproche de la jetée, à longues brasses coulées.

Brusquement, alors qu'il refait surface, il découvre une présence dans l'eau à côté lui, à un bras de distance.

Il ne distingue d'abord qu'une gerbe qui jaillit mais, quelques instants plus tard, une tête et des épaules fendent la surface dans une gigantesque éclaboussure.

C'est Merle. Sa chevelure mouillée tirée en arrière lui dévale dans le cou.

Aucun d'eux ne souffle mot, Eric fait du sur-place, Merle se rapproche insensiblement.

Il y a de nouveau sur ses traits cette expression tendrement intense, voilà quelque chose dont il se souvient, quelque chose qui repousse les nuées qui lui embrument l'esprit.

Merle lui tend la main par-dessus le flot, et leurs doigts s'entrelacent.

Elle murmure, juste assez fort pour être entendue par-dessus le chuchotement des vagues.

– Je t'ai suivi.

Eric demeure un moment perplexe, puis il éclate de rire et Merle l'imite.

– Toi.

Ils nagent de concert, loin vers le large.

Ils plongent sous la surface, se livrent à des pirouettes, main dans la main chaque fois qu'ils le peuvent, et tandis qu'ils repiquent vers les profondeurs, les lèvres d'Eric effleurent le cou de la jeune femme, fugitivement. Ils finissent par remonter en quête d'air et là, éclatent à nouveau de rire.

– C'est ridicule ! crie Eric.

Merle hausse les épaules, sourit, l'air de dire : « Et alors ? »

Eric fait une deuxième tentative.

– Avons-nous déjà fait ça, avant ? lance-t-il.

Merle se trouve à quelques brasses. Il comble la distance qui les sépare et insiste :

– On a déjà fait ça ?

Merle dédaigne de répondre.

– J'ai l'impression que nous avons déjà fait ça, reprend-il d'un ton vibrant. Mais il y a longtemps. Très, très longtemps.

Elle n'est plus là, elle a replongé sous l'eau.

Eric réfléchit à sa vie, chose qu'il évite habituellement, parce sa vie n'a pas toujours été facile. Il se demande si quelques minutes de joie entière et absolue peuvent valoir une vie entière passée à batailler.

Peut-être, pense-t-il. Peut-être, si ce sont les moments essentiels.

Ils nagent encore un moment et, pour finir, épuisés, se hissent sur les rochers afin de se sécher au soleil.

Eric se retourne et s'empare des mains de Merle. Il regarde ses mains à lui, un peu plus vieilles que celles de la jeune femme. Il regarde les mains plus jeunes. Si c'était le contraire ? Si ses mains à lui étaient plus jeunes ? Cela aurait-il de l'importance ?

Il s'interroge : pourquoi *cette* main est-elle *sa* main ? Aurait-elle pu être celle de quelqu'un d'autre ? Et pourquoi est-ce sa main *à elle* ? Est-ce important ? Et si Merle était différente ? Non, pense-t-il tandis que ces pensées étranges et plutôt idiotes tournent dans sa tête. Non, ce ne serait pas important. Même si elle était différente, elle serait toujours *elle*.

– C'est ridicule, dit-il à nouveau.

Alors Merle se redresse, s'assied et lui prend doucement la tête entre ses mains.

– Pourquoi ? dit-elle. Pourquoi est-ce plus ridicule qu'une infinité de choses ? Que la Terre tourne autour du Soleil, que l'eau puisse dévorer une montagne, qu'un saumon puisse parcourir des milliers de kilomètres à travers l'océan pour retrouver la rivière où il est né. Ce n'est pas ridicule. C'est simplement... comme c'est.

Subitement, elle se met à fourrager dans ses vêtements abandonnés sur le rocher et en sort une montre.

– Il faut que j'y aille.

– Non, reste...

– Je regrette, dit-elle.

Elle ne se laissera pas convaincre, alors Eric la regarde vêtir sa peau nue et puis, pareille à un rêve qui glisse hors d'atteinte au réveil, elle disparaît.

Il somnole sur les rochers, tout imprégné de Merle ; il voit sa silhouette svelte et élancée, il respire l'odeur de sel dans ses cheveux, il imagine que la chaude caresse du soleil est la main de la jeune femme sur sa peau. Il se rend compte que pour la première fois depuis très longtemps, son cœur bat à un rythme lent et régulier. Paisiblement.

Il s'éveille un moment plus tard, avec de nouveau cette démangeaison.

Quelque chose commence à affleurer dans son esprit.

En rentrant à pied chez lui, il tente de saisir cette chose, quelle qu'elle soit. Il doit s'agir d'une chose qu'il est censé faire.

Quand il entre dans la maison, il croit entendre une porte — celle de derrière, celle de la cuisine — se refermer.

Il s'en soucie à peine.

Peut-être la porte a-t-elle claqué à cause d'un courant d'air — il ne pousse pas la réflexion jusqu'à remarquer qu'il n'y a pas un souffle de vent.

Il suspend sa serviette à la balustrade pour la faire sécher au soleil puis se rend dans la cuisine. Constatant qu'on lui a déposé un pichet de thé, il décide que la meilleure chose à faire est d'en siroter un verre et de réfléchir à… ce sur quoi il doit réfléchir.

Il goûte le thé, sans vraiment noter que celui-ci a une saveur légèrement différente, qu'il est un peu plus fort que les fois précédentes.

Alors il le boit, et l'oubli reprend ses droits.

11

Les jours passent.

L'île est si belle, pense Eric chaque matin lorsqu'il s'éveille et chaque soir lorsqu'il va dormir. Il a amené Tor à lui porter quotidiennement un grand pichet de thé, et il est assez fier de ce petit rituel qu'il a instauré pour l'agrément de ses soirées.

⁂

Les jours passent.

Le soleil irradie, l'été est jeune, ardent, les feuilles des arbres et l'herbe explosent de leur vert vif, éclatant.

Eric occupe son temps à parcourir l'île à pied. Il salue d'un signe de tête des gens qu'il commence à connaître, il sourit. De temps à autre, dans son jardin ou ailleurs, il se penche vers une fleur et en hume le parfum.

Merle vient parfois le voir, ce qui le rend ni plus ni moins heureux que de rencontrer n'importe qui d'autre.

Il y a eu quelque chose avec elle, rien de plus. C'est ainsi que cela se formule dans son esprit. Il y a eu quelque chose avec elle. Mais cela n'a pas d'importance. Pas vraiment. Elle semble un peu anxieuse, insatisfaite à certains moments, et Eric commence à se demander quelle en peut être la cause mais il conclut que cela non plus n'a pas d'importance. Elle ne doit pas être différente des autres habitants de l'île. Certaines fois, elle paraît le considérer d'un œil presque réprobateur, mais il n'en saisit pas la raison, ne voit pas ce qu'il a pu faire. Il n'a plus l'énergie, son esprit fonctionne trop au ralenti, il ne tarde pas à cesser de s'en soucier.

Les gens sont beaux et souriants, Eric se sent lui aussi beau et souriant.

⁂

Son seul autre visiteur durant cette période n'est pas un humain.

Un matin il découvre un lapin assis au milieu de l'allée qui conduit à sa porte. Il l'examine de près et constate qu'il s'agit en fait d'un lièvre, au corps long et maigre. Il se tient de profil mais il est manifeste qu'il observe Eric. Dans l'attente.

Eric s'avance, certain de le voir décamper, or l'animal ne bouge pas. Perplexe, Eric fait un bond dans sa direction. Le lièvre reste exactement à la même place. Il est sur le point de marcher droit sur lui, mais quelque chose de déconcertant dans le regard de la bête l'en dissuade, et pour finir c'est Eric qui déclare forfait devant le lièvre et le contourne pour partir en promenade.

Quand il revient l'après-midi, le lièvre a disparu.

⁂

Les jours passent.

Une journée se fond dans la suivante, le soleil immuable unifiant le passage du temps calendaire en une unique et longue symphonie de joie. De beauté, de joie, et d'oubli. Toujours l'oubli.

Les jours passent.

12

C'est le milieu de ce qui devrait être la nuit. Eric se réveille en sursaut, il rêvait qu'il se noyait.

Il se redresse brusquement et quitte son lit. Il ne comprend pas pourquoi il a un liquide dans la bouche. Il tombe au sol, s'étrangle, tousse, finit par cracher de l'eau qui se trouvait effectivement dans sa trachée.

La porte de la chambre est entrouverte. Entend-il réellement, ou imagine-t-il des bruits de pas dans l'escalier en bois ? Il descend au rez-de-chaussée en trébuchant et trouve la porte d'entrée grande ouverte, mais il n'y a personne. Il fouille du regard l'allée, les prairies alentour. Toujours personne.

Avec précaution, la gorge encore très irritée, il referme la porte et remonte se coucher.

Les stores étant fermés, il allume la lampe électrique, et là il découvre un morceau de papier à terre, au beau milieu du tapis qui fait descente de lit.

Malgré l'état du tapis sur lequel il a craché, les mots tracés sont toujours lisibles.

Réveille-toi et souviens-toi. Tu avais raison. La réponse se trouve au-delà de la colline.

Il fixe le message d'un regard vide, secoue la tête.

– Eh bien, il en va ainsi, dit-il.

Il continue de fixer le message, essayant de réfléchir à ce qu'il doit faire, essayant de penser. Il est tellement fatigué, cependant, tellement fatigué, l'irrésistible léthargie s'empare à nouveau de lui.

Il se recouche, décidé à oublier tout ça, c'est la meilleure chose à faire. Il éteint la lumière et ferme les yeux.

Un moment plus tard, une sensation désagréable de liquide dans l'œsophage le tire une deuxième fois du lit.

Il n'a pas le temps d'atteindre la salle de bains, il vomit de violentes salves sur le parquet.

Il est secoué de haut-le-cœur, il frissonne, il a mal et il gémit. La crise passée, il regagne péniblement, presque en rampant, son lit où il termine sa sinistre nuit entre veille et mauvais rêves.

Est-ce ce cauchemar, ou est-ce ce qu'on l'a obligé à boire dans son sommeil, qui provoque un afflux de souvenirs, des souvenirs venus de très loin dans le temps, issus d'autres cauchemars ?

Des cauchemars qui ne terrifiaient pas seulement le garçon qu'il était, mais également ses pieux et sévères parents. Des rêves sanglants qui revenaient nuit après nuit hanter l'adolescent, des rêves qui, au réveil, lui semblaient plus réels que le terne décor de sa chambre banale, sa maison grise, sa mère et son père chaque jour plus distants. Sa vie.

Des cauchemars sanglants. D'une autre époque. D'un autre lieu. D'une autre vie.

13

Ce n'est qu'en milieu de journée qu'Eric se sent suffisamment d'énergie pour s'extirper de son lit. Il est chancelant mais ses idées sont plus claires. Il reste longtemps sous la douche bien chaude, s'efforçant de réfléchir, de penser plus efficacement.

Sa main tâtonne à la recherche des boutons de réglage de l'eau. Il commence par diminuer le débit du jet puis baisse la température, doucement, en luttant contre sa répugnance. Il baisse, baisse, baisse, jusqu'à se sentir doucher par ce qui lui semble une eau glacée. C'est affreux, mais il se force à continuer, jusqu'à grelotter de froid de la tête aux pieds, jusqu'à se trouver secoué de violents frissons spasmodiques. Il regarde ses mains. Elles sont quasiment bleues.

Il tombe en arrière hors de la cabine de douche, et tandis que son corps entier tremble sur le sol de la salle de bains, tout lui revient.

Des images tournoient dans sa tête — ce sont les fragments de souvenirs brisés : le voyage jusqu'à Blessed Island, les fleurs, son ordinateur. Merle.

Il demeure couché au sol une éternité, cramponné à une image. Celle du visage de Merle.

La réponse se trouve au-delà de la colline.

Il regarde par la fenêtre. Les environs sont très calmes, il suppose qu'on est dimanche, quoiqu'il ne soit plus certain de rien.

C'est le moment idéal. Cinq minutes plus tard, il file sur sa bicyclette, pleinement conscient de devoir pédaler dur tandis qu'il gravit la pente raide. Il sait que de l'autre côté de cette colline abrupte se trouve la moitié ouest de l'île.

Tout en pédalant, il se répète un nom à la façon d'un mantra pour se garder les idées claires. Merle, Merle, Merle.

Parvenu au sommet, il prend le temps de regarder derrière lui pour s'assurer qu'il n'a pas été suivi. Satisfait de constater que non, il s'enfonce vaillamment dans le barrage du fourré, à la recherche des totems de pierre aux yeux peints.

Il trouve rapidement le premier, rampe jusqu'au deuxième, puis jusqu'au troisième.

Le temps d'atteindre la quatrième paire d'yeux, il peut se tenir debout ; à la sixième paire, il se trouve à nouveau en terrain dégagé.

L'autre versant de la colline descend doucement devant lui. C'est un paysage d'herbe rase, de rochers disséminés, de touffes de bruyères, de tourbières. Il suit le chemin indiqué par les yeux, très vite il oblique dans un virage, franchit une large plateforme rocheuse naturelle ; là débute l'étroite chaussée qui va le conduire dans la moitié ouest de Blessed Island.

Il regarde à nouveau derrière lui. Ne voyant personne, il presse le pas, se met à courir à moitié, trébuchant sur le sol inégal.

La chaussée pourrait être une construction humaine, il n'en est pas certain. Elle paraît assez naturelle à présent, ce n'est guère plus qu'un empilement de gros rochers et de pierres plus petites autour duquel s'est formée une étroite plage de sable. Il semble qu'il existe bien deux îles distinctes, la séparation ayant été provoquée par une rupture tectonique des millions d'années auparavant.

La distance pour rallier l'une à l'autre est courte. En une douzaine d'enjambées, Eric se retrouve dans un paysage fort différent.

Il n'y a pas un arbre ici.

La succession des yeux peints sur les rochers en des temps immémoriaux le guide, il les suit, et au bout d'un moment découvre le premier secret de la moitié ouest de Blessed Island. Les fleurs.

D'abord, il n'en voit qu'une, ensuite deux. Puis il en aperçoit une dizaine et, après avoir contourné un rocher, des centaines. Des milliers.

Il s'agit probablement de l'orchidée Petit Dragon Béni.

Elle est aussi mystérieuse que son nom. Une haute tige, hérissée d'étranges feuilles recourbées en forme d'étoile ; la fleur elle-même, d'un pourpre-violet tirant sur le noir, est curieusement tarabiscotée. Il l'examine de plus près : de fait, on peut se figurer une tête de dragon ; il y a même sur le pétale supérieur de petites bosses qui évoquent des cornes, et une longue langue sombre dépasse de la bouche dessinée par les pétales supérieur et inférieur, pareille à celle d'un dragon, colorée par le venin et les mauvais desseins.

Il s'apprête à en cueillir une, mais quelque chose arrête sa main. Même le parfum de ces fleurs lui donne le vertige. Il se redresse, décidé à bouger.

Le terrain descend et remonte, les yeux peints se succèdent. Il paraît évident de les suivre et, après un bref crapahutage parmi les rochers, Eric fait une découverte qui le stupéfie.

Une église se dresse devant lui.

La bâtisse ne ressemble à aucun lieu de culte de sa connaissance, il sait néanmoins que ce ne peut être autre chose.

Elle est en bois, constituée d'un seul niveau élevé, coiffée d'un toit pentu et pointu, il ne voit que ça car il se trouve sur le côté du bâtiment. Intrigué, il fait le tour, et tombe sur une sorte de tourelle au bas de laquelle s'encastre le portique de l'entrée.

Le lieu est en ruine, à l'évidence il n'a pas servi depuis des lustres.

Tel un voyageur venu d'un autre temps, Eric s'approche d'un pas hésitant, et entre.

Il a l'impression de pénétrer entre les fanons d'une gigantesque baleine en bois, et d'être avalé tout entier par le cétacé.

L'édifice en soi n'est qu'un prélude.

Ce qu'il voit ensuite lui procure une réelle surprise.

Là où devrait se trouver l'autel trône quelque chose d'immense, caché.

Une très grande étoffe drape ce quelque chose, dissimulant la nature de cette longue forme rectangulaire qui se dresse dans le vaste espace du temple.

Eric s'avance, avec le sentiment que ce qu'il est en train de vivre est plus irréel qu'aucun des rêves qu'il a pu faire au cours de son existence. Tandis qu'il pose les mains au coin de la vieille étoffe grisâtre et tachée, qu'il la tire vers lui afin de dévoiler le mystère, il a l'impression de planer au-dessus de lui-même, de se regarder agir.

Ce que masquait la grande tenture est un tableau.

Un tableau aux dimensions gigantesques.

Médusé, Eric recule dans le but d'avoir une vue d'ensemble.

Ce qu'il a sous les yeux est d'une horreur si réaliste, et en même temps d'un genre si onirique, fantasmagorique, que son cerveau ne peut sur-le-champ en appréhender la totalité.

Un bruit quelque part derrière lui le fait se retourner.

Tor se tient sur le seuil. Eric reconnaît derrière lui les autres Gardiens.

Tor approche et, aussitôt, Eric comprend que le jeu a changé.

– Il est tout à fait pertinent que vous ayez vu cela, dit Tor. Vous devriez savoir pourquoi les dieux vous ont conduit ici : pour nous aider.

Se tournant vers ses compagnons, il lance des ordres.

– Recouvrez ça. Lui, emmenez-le. La porte, je vous prie !

Soudain, l'intérieur de l'église se remplit de monde, des individus surgis de partout par des portes invisibles pour Eric.

Alors que des mains s'activent à recouvrir le tableau avec la pièce d'étoffe, d'autres mains se referment sur les poignets d'Eric.

Il essaie de se débattre, mais c'est inutile. Ils sont trop nombreux ; même s'il parvenait à échapper un moment à leur prise, d'autres mains se saisiraient de lui.

Le plus effrayant, c'est leur silence.

Leurs yeux ne croisent même pas les siens, ils se contentent de le tenir fermement, trois ou quatre de chaque côté.

– La porte ! crie de nouveau Tor, et maintenant une peur réelle tenaille Eric.

On l'a conduit au-delà du tableau-autel, et encore au-delà. Une autre porte s'ouvre dans le mur du fond de l'église.

Dans le cadre de cette porte, il peut voir la mer à courte distance, la mer qui scintille de son bleu étincelant, mais son regard est attiré par ce qui se dresse entre la porte et la mer.

C'est une table de pierre.

À présent il commence à lutter, doucement d'abord, puis désespérément.

La terreur jaillit de son ventre, monte dans sa gorge. Il se débat plus violemment mais, plus il lutte, plus les mains silencieuses l'entravent.

Il est à quelques pas de la table de pierre, Tor apparaît auprès de lui, alors on le traîne vers la table, et il bataille, et lance des coups de pied, et voilà qu'il hurle, hurle.

On lui déchire sa chemise dans le dos, on la lui arrache, on le jette sur la table, on l'y maintient férocement. Le contact de la roche lui meurtrit la peau, le soleil l'aveugle presque, mais ses yeux exorbités par l'épouvante ont le temps de voir Tor brandir un grand couteau à lame courbe.

Il le tend à Henrik, qui avance de quelques pas.

Dans un autre coin de son champ visuel restreint, il voit un visage qu'il connaît. Un visage qu'il connaît depuis toujours.

Merle le regarde, la tête inclinée.

Elle murmure pour lui seul.

Je t'ai suivi.

Eric hurle. Et bien que son cerveau ait, dans une large mesure, déjà cessé de fonctionner, une ultime pensée vient y inscrire son tracé sanguinolent, conséquence de maintes et maintes idées étranges.

J'ai, pense Eric Seven, vécu cela auparavant.

Deuxième partie

L'ARCHÉOLOGUE

Juillet 2011 - La Lune Fenaison

1

Le garçon regarde l'archéologue.

À certains moments, l'archéologue regarde lui aussi le garçon. Mais il a un travail à accomplir, un budget limité, et son temps sur l'île aussi est limité.

Il est difficile d'obtenir des financements pour ce genre de fouilles, un petit chantier sans prestige ; à elles seules, les dépenses de voyage ont largement entamé son crédit. Ça lui a coûté une fortune d'acheminer son équipe jusqu'ici, même s'il a un peu honte du très modeste prix de pension qu'on lui prend à la Maison du Gardien — l'unique demeure à proposer des chambres d'hôtes sur l'île.

Son équipe est constituée de trois jeunes licenciés — là encore parce qu'ils coûtent moins cher. Heureusement, il peut ajouter, la main sur le cœur, que ce sont tous trois des éléments prometteurs : Nancy, une Américaine qu'il a connue étudiante ; Isabella, une Allemande de Leipzig ;

et enfin Mat, qui n'est pas un insulaire à proprement parler mais qui vient du continent proche, à une centaine de miles au sud. Dans cette région reculée, où les distances sont faramineuses, ça fait presque de lui un type du coin.

N'empêche, quelque chose chez ce gosse s'entête à retenir l'attention d'Edward.

Chaque jour, le garçon se pointe sur le chantier, et il reste planté là, sur un petit mamelon parmi ceux qui abondent dans la prairie, aux premières loges pour observer leur travail. Chaque jour, vers midi, une voix de femme l'appelle de derrière la haie d'un jardin proche, et il disparaît, sans doute pour aller déjeuner. Une demi-heure plus tard, il réapparaît, reprend sa place sur le monticule, et reste là jusqu'à la fin de la journée.

Il a quinze ou seize ans, suppose Edward, mais il est grand et fort comme un homme qui en aurait trente. Edward le soupçonne d'être un peu à l'ouest. Il ne prononce jamais un mot, quoique ses lèvres soient entrouvertes la majeure partie du temps, comme s'il était sur le point de.

Dans la main, pareil à un jeune enfant, il tient en permanence une peluche. Un lièvre brun. Il le tient par les oreilles, si bien que le jouet pendouille de sa grande paluche, on dirait un supplicié.

2

L'heure du déjeuner approche. Bien qu'ils soient là depuis une semaine, ça n'a pas beaucoup progressé. Faute d'argent, encore une fois. Edward n'a pas pu se pourvoir de tout le matériel qu'il aurait souhaité.

Le premier matin, Mat a fait une étude géophysique de la prairie mais, l'appareil n'étant guère performant, les signaux sont restés faiblards. Pendant que Mat montait et descendait dans les foins en plantant à intervalles réguliers les détecteurs du magnétomètre, Edward, Nancy et Isabella faisaient cercle devant l'ordinateur portable, essayant d'abriter l'écran de l'éclat du soleil, pour voir lentement émerger le spectre du champ.

À vrai dire, il n'y avait pas grand-chose à se mettre sous la dent, mais Edward décida de creuser deux tranchées, distantes de quelques mètres et qui englobaient certaines des caractéristiques relevées par l'étude de Mat.

À présent, Edward observe Nancy et Isabella qui travaillent côte à côte dans la tranchée numéro un. Nancy est grande, mince, et plutôt relax. Non qu'il la croie paresseuse, elle travaille aussi dur que les deux autres, c'est juste que tout ce qu'elle fait s'accomplit sans à-coups, tranquillement. Elle est indolente.

Isabella est gothique. Elle a un piercing au nez, les cheveux roses, et s'habille toujours en noir. Les boucles d'oreilles fantaisie et les coiffures originales sont assez répandues dans la profession, il le sait, mais quelque chose dans la façon dont la jeune femme est même parvenue à se constituer une tenue de chantier pure goth l'amuse. Néanmoins, c'est une bosseuse, et elle sourit en permanence. Un jour, il lui a demandé si elle n'était pas trop heureuse pour être gothique, sincèrement, et pour une fois, malgré son anglais excellent, elle n'a pas paru comprendre.

– Excuse-moi, tu disais ? a-t-elle fait.

– Laisse tomber, a-t-il conclu.

Mat, de l'avis d'Edward, est génial. Il est exactement ce qu'il a l'air d'être. Un grand beau gars épanoui de la campagne. Un type suffisamment intelligent pour être parti poursuivre ses études dans la grande ville mais qui n'a pas pour autant perdu la confiante générosité des siens.

Il s'exprime prudemment, l'air de bien peser les choses ; actuellement il arbore une barbe fournie et des cheveux longs, on le dirait échappé d'une communauté des années 1970, mais, heureusement, une communauté où on ne confondrait pas le savon avec le fer de lance de l'oppression capitaliste.

Edward considère Mat avec une certaine tristesse. Si les filles sont jolies, en particulier Nancy, c'est à Mat qu'il pense le plus car il regrette de lui avoir si peu ressemblé dans sa jeunesse.

S'il avait été plus sûr de lui, peut-être n'aurait-il pas manqué les occasions importantes de sa vie, ces occasions qui ne se présentent qu'une fois. On vit parfois des moments uniques, pense-t-il, où deux chemins se présentent à nous. On peut emprunter l'un, ou l'autre, si différents. Là se joue la réussite, ou l'échec. Et quand on manque ces occasions, que reste-t-il ?

Sa rêverie est interrompue par la voix de la femme qui appelle derrière la haie. Cette femme, il ne l'a jamais vue ; l'arrière de son jardin se trouve en lisière de la prairie, et sans doute le toit qu'on aperçoit au-delà est-il celui de la maison du garçon.

Elle appelle de nouveau.

– Eric !

L'adolescent quitte son poste d'observation et part déjeuner.

– Eric !

3

Ce soir, les quatre archéologues sont assis à la table de la salle à manger dans la Maison du Gardien.

Leur hôte est un vieil homme affable, sa femme cuisine ; chaque soir, ils préparent et servent un dîner simple mais délicieux, constitué uniquement de produits de l'île, une île qui semble posséder tout ce dont a besoin sa modeste population ; brebis et chèvres pour la viande et le lait, poissons à foison dans la mer, homard, et même des huîtres. Les blés mûrissent paisiblement dans les champs, les vergers abondent en fruits variés, et la culture maraîchère offre toute espèce de légumes.

Lorsque Edward a tenté de rémunérer plus justement le gîte et le couvert de son équipe, l'hôte n'a rien voulu entendre.

– Nous faisons les choses différemment ici, a-t-il dit. Qu'ai-je besoin d'argent ? Nous avons suffisamment pour couvrir nos dépenses, et vous êtes bienvenus sur notre île.

Cela nous suffit. Nous sommes toujours heureux de recevoir des visiteurs. Notre petite population a beaucoup diminué, voyez-vous. Nous étions autrefois bien plus nombreux, mais peu de bébés naissent désormais sur l'île Bienheureuse.

Il avait souri.

C'est un lieu extraordinaire, a décidé Edward, et il se demande si c'est le genre d'endroit où il aimerait se retirer un jour. Pas forcément. C'est peut-être un tantinet trop simple, trop paisible, même à son goût.

Les endroits isolés ont toujours quelque chose d'un peu singulier, pense-t-il. On a l'impression que la vie s'y déroule différemment. Une impression, rien de plus, quoique aujourd'hui un homme a commencé à faire les foins dans la prairie, pas avec un tracteur attelé d'une faucheuse, mais avec une faux, comme si on était en 1911 au lieu de 2011.

Et puis il y a le soleil qui persiste quand il devrait se coucher. Ça doit perturber sérieusement le sommeil. Ça laisse aussi supposer qu'en hiver, en contrepartie, il fait perpétuellement nuit. Ça, Edward sait qu'il n'aimerait pas.

Il a obtenu l'autorisation de fouiller dans le fond de la prairie, mais seulement pour deux semaines ; la moitié du temps est déjà écoulée.

– Conseil de guerre, annonce-t-il au moment où tous repoussent leur assiette. Il faut qu'on trouve quelque chose, et rapidement, sinon ce chantier aura été une perte de temps, et moi je serai bon pour la casse.

Il a un sourire sans joie.

– Alors, que faisons-nous ?

Edward soupire. Il se fait trop vieux pour passer de longues journées dans les tranchées sans avoir rien à montrer. Autrefois, il aurait été emballé de toute façon, heureux du seul fait d'avoir la truelle à la main et de la terre sous les ongles. Il regarde ses trois jeunes et zélés compagnons.

– Qu'en pensez-vous ? Nancy, Isabella, ça se passe comment dans la tranchée une ? Une petite lueur d'espoir ?

Nancy secoue la tête. Indolente.

– Rien. Je sais qu'on a rencontré une vague résistance quand Mat a fait son étude géophysique, mais je doute. Sans vouloir te vexer, Mat.

Mat lève une main apaisante.

– T'inquiète. Le matériel est…

Il s'interrompt, conscient qu'il s'agit d'une critique implicite de leur patron.

– … merdique, termine Edward. Je m'en excuse. On ne pouvait pas s'offrir mieux rapport au transport.

– Je sais que ce n'est pas ainsi qu'il faut procéder, intervient Isabella, mais j'aimerais tenter le coup vers certains de ces monticules à la lisière de la prairie.

Edward savoure intérieurement la maîtrise d'une langue étrangère chez son Allemande gothique. *Tenter le coup.*

– En effet, Isabella, ce n'est pas ainsi qu'on procède. Un archéologue digne de ce nom ne se contente pas de *tenter le coup…*

Il fait une pause le temps de boire une gorgée de bière.

– Bon, c'est moi le patron, d'accord. Je vais réfléchir cette nuit et trouver un nouveau plan pour demain. Au moins, nous bénéficions d'un temps magnifique. À défaut de rentrer chez nous avec des vestiges intéressants, nous rapporterons de jolis bronzages. Même toi, Isabella.

Tout le monde rit.

Isabella feint de lancer un regard furieux à son patron puis rit à son tour.

– Oui, mais tu sais, même s'il pleuvait, je parie que le garçon serait toujours perché sur son monticule, à nous observer.

Toute la tablée en convient.

– Moi, je le trouve limite, un peu glauque, dit Nancy.

– Non. Ne sois pas méchante, fait Mat. Il n'a rien d'inquiétant. Il s'intéresse, rien d'autre.

– Mais cette peluche... Il doit avoir... quoi, quinze, seize ans ? C'est zarbi, non ?

Edward acquiesce mais ne souffle mot.

– Oui, abonde Isabella, mais il y a un truc encore plus frappant. Ses yeux.

– Ses yeux ? questionne Nancy.

– Oui, ses yeux, répète Isabella. Ses yeux semblent exprimer qu'il sait tout mais qu'il ne dit rien.

Cette remarque laisse Edward songeur : il était sur le point de dire exactement la même chose.

4

Le lendemain, Edward se lève tôt et prend seul son petit déjeuner. Il laisse un mot aux autres, leur demandant de le rejoindre sur le site, et quitte la maison d'hôtes par le sentier qui longe la prairie afin de gagner l'extrémité la plus éloignée, là où ils fouillent.

Il a besoin de se trouver sur le chantier.

Il a passé toute la nuit dans un état de semi-veille, à peser le pour et le contre d'une décision qu'il lui faut prendre. Soit abandonner les deux tranchées et en ouvrir de nouvelles, soit persévérer. Le dilemme est réel, rien ne faisant pencher la balance dans un sens ou dans l'autre.

Il est venu tôt sur le site, sans les autres, car il a trop honte d'avouer que tout ce qu'il souhaite est de rester planté ici et d'invoquer les dieux de l'archéologie afin que ceux-ci lui adressent le signe qui déterminera la suite.

C'est une matinée légèrement humide, mais le soleil est déjà là, évidemment, et la rosée sur la prairie commence à dégager une brume vaporeuse. Ça va être encore une chaude journée.

Edward examine la tranchée, et la prairie dans son ensemble. Il s'émerveille parce que s'il avait été Dieu (quoi qu'il se félicite de ne pas l'être) et s'il lui avait fallu concevoir une île, Blessed est exactement celle qu'il aurait dessinée. Elle possède deux grandes criques qui forment des ports naturels, une à chacune de ses extrémités, et beaucoup d'autres anses plus étroites le long du littoral. Une petite chaîne de collines court à l'ouest, une autre, d'altitude moindre, à l'est ; entre les deux se niche une vallée dont les flancs s'aplatissent jusqu'à former la prairie où se trouve le chantier ; un havre naturel, où les Vikings se réfugiaient en hiver. Des fouilles de 1902 ont corroboré ce qui est écrit dans les vieilles sagas : à l'issue d'une longue saison d'incursions vers le sud et l'ouest, ils s'empressaient de regagner l'île et tiraient leurs embarcations sur les pentes herbues afin de passer l'hiver en sécurité. Edward imagine la scène, les hommes et les femmes et les chevaux tirant les fiers vaisseaux hors de l'eau et jusque dans la prairie. Les *knörrs* étaient de grands bateaux mais suffisamment légers pour être portés sur de courtes distances en cas de besoin. Le spectacle devait valoir le coup.

Sa réflexion revient brusquement au temps présent, et il songe à quel point le monde s'est métamorphosé en mille ans, combien l'île a changé durant cette période. Et qu'est-ce que ce sera encore dans mille ans ? Les gens, la plupart des gens, tiennent que la civilisation ne cesse de progresser, que le monde s'améliore, devient plus pacifique, c'est parfois vrai. Mais s'il est une chose qu'il a apprise dans sa carrière d'archéologue, c'est que ce ne l'est pas toujours. Parfois, lorsqu'une civilisation décline, parfois, les choses retournent à un état plus primitif. Plus primitif et plus violent.

Il est debout, les mains sur les hanches, il regarde ce qu'ils ont fait jusque-là, il est dubitatif.

– Vous devriez creuser ici, dit une voix derrière lui.

Il fait volte face. Le garçon est à sa place habituelle. Edward se demande s'il est là depuis longtemps, à l'observer. C'est possible, il était si absorbé. Il imagine même l'étrange adolescent rester là toute la nuit, sur le monticule, sous un clair de lune argenté.

Son lièvre en peluche à la main, comme toujours, Eric désigne le sol à ses pieds.

– Excuse-moi... Qu'est-ce que tu as dit ?

Mais Eric ne répond pas. Malgré les incitations amicales de l'archéologue, il ne lâche plus un mot.

– Ici ? questionne doucement Edward. Ici ?

Il entend les autres approcher, sortis tôt pour le rejoindre, et il s'éloigne d'Eric comme s'il se sentait coupable de parler avec lui.

Tandis que les autres arrivent, il remarque du coin de l'œil qu'Eric quitte le monticule sur lequel il se tenait invariablement pour s'installer sur un autre, tout proche.

– Alors, patron ? s'enquiert Nancy.

Edward se tait, il se demande s'il va vraiment dire ce qu'il s'apprête à dire.

– Eh bien, voilà ma décision. Mat et moi allons continuer dans la tranchée deux. Mais je voudrais, en fait j'*aimerais*, que toi et Isabella vous tentiez le coup sur ce monticule. Celui-là, oui. Précisément.

S'ensuit un silence au cours duquel personne ne prononce un mot.

– Est-ce le résultat d'une méthodologie spécifique ? interroge Isabella, l'œil mutin.

Mat et Nancy contemplent l'herbe à leurs pieds.

Edward hésite un instant puis décoche un sourire bref.

– Absolument ! Mais nous n'avons pas le temps d'en discuter. Au travail, maintenant ! Creusons !

5

Chacun à un moment de sa vie, pense Edward, doit s'en remettre à son instinct. En particulier dans une situation à cinquante-cinquante, quand aucun choix ne semble évident, si la moindre impulsion fait pencher d'un côté plutôt que de l'autre, mieux vaut la suivre.

Voilà ce qu'Edward ne cesse de se répéter, pour se convaincre.

Régulièrement, Mat doit solliciter son attention afin qu'il s'intéresse à la tranchée dans laquelle ils grattent, car il s'interrompt toutes les deux minutes pour regarder en direction des filles, dans l'espoir de voir sortir quelque chose du monticule. Rien.

La matinée avance.

L'humeur se dégrade.

Le seul mot qu'ils entendent est l'appel lancé derrière la haie.

– Eric !

Edward soupire.

– Pause déjeuner pour nous aussi. On a commencé plus tôt que d'habitude.

Personne ne parle.

⁂

Eric revient à son nouveau poste d'observation après un repas plus vite expédié que les jours précédents. Quand il réapparaît, les archéologues n'ont pas encore terminé leurs sandwichs et leurs chips. Nullement troublé de ne pas les voir au travail, il reprend sa place et observe, aussi intéressé qu'à l'ordinaire.

Pour finir, Edward coupe court.

– Allons, dit-il. Donnons un sujet de fierté à ce garçon.

Nancy cligne de l'œil en direction d'Isabella et se tapote la tempe du bout de l'index. Indolente.

⁂

Une demi-heure plus tard, Isabella pousse un hurlement.

Un véritable hurlement.

– Mon Dieu ! Je crois avoir trouvé quelque chose.

⁂

L'après-midi se déroule rapidement tandis que les deux filles commencent à mettre au jour leur découverte. Il n'y a pas suffisamment de place dans l'excavation pour qu'Edward et Mat descendent les aider, mais ils ont abandonné leur tranchée ; c'est trop palpitant pour ne pas regarder.

Il s'agit d'un empilement de pierres, le genre de chose qui ne semble pas très emballant excepté pour un archéologue.

Un empilement de pierres particulier, un cairn, aussi est-il probable pour Edward qu'ils vont découvrir encore quelque chose, en dessous.

Il a déjà vu un cairn dans sa vie, il est impatient. Mais l'exhumation doit se dérouler dans les règles. D'abord, il faut dégager les restes de terre autour des pierres, après quoi on photographie celles-ci, puis on les dessine sur du papier millimétré, après seulement on pourra les soulever et acquérir la certitude qu'on est en présence de ce que pressent Edward : une tombe viking.

Il a cependant un doute. Il doute parce que le cairn est de petite taille, beaucoup plus petit que les sépultures qu'il a vues auparavant. Il a travaillé par le passé sur un tumulus immense. Sous les pierres gisaient les vestiges d'une grande chaloupe viking, depuis longtemps dégradée mais parfaitement identifiable pour un œil expert.

Ce cairn semble offrir à peine assez de place pour un corps unique, néanmoins son instinct souffle à Edward qu'il ne se trompe pas.

Il fait les cent pas autour du trou, se retenant de dispenser des conseils aux deux filles toutes les cinq minutes. Elles savent ce qu'elles ont à faire, c'est lui qui le leur a appris. Mat se montre plus raisonnable ; assis sur l'herbe près de l'excavation, il les aide quand il le peut et, quand il ne peut pas, se contente d'examiner les déblais.

Eric observe, muet, quoique par moments il porte son lièvre en peluche à ses lèvres.

Enfin, le moment vient de soulever les pierres.

Edward retient son souffle. Dès que la première pierre est suffisamment dégagée, il se détourne et envoie un coup de poing triomphal dans le vide.

– Oui ! lance-t-il tout bas.

Sous l'empilement se trouve une ciste ; précisément ce qu'il espérait, une construction funéraire dans le sol, constituée de blocs de pierre. Pour résumer, une sépulture mégalithique.

Un cercueil en pierre, avec un couvercle en pierre.

Edward descend dans la tranchée.

– Maintenant, les jeunes, va falloir s'y mettre tous.

Ils se disposent à quatre dans l'excavation, deux de chaque côté du tombeau.

Leurs doigts s'agrippent à la maigre prise que leur offre le rebord très peu large du couvercle. Leur chair touche une pierre qui n'a pas vu la lumière durant onze siècles.

Ils se taisent, mais dans leurs regards qui se croisent se lit une même fièvre contenue.

Hélas, Edward s'est trompé ; même à eux quatre, ils ne parviennent pas à soulever le couvercle.

Edward bande ses muscles, cambre le dos, jure.

Alors une ombre obscurcit la tranchée, il lève les yeux et aperçoit Eric.

Edward détaille le garçon, jeune, mais visiblement costaud.

– Tu veux nous aider, Eric ? demande-t-il.

Eric ne prononce pas un mot, simplement il pose avec délicatesse son lièvre dans l'herbe et descend dans la tranchée.

On est encore plus à l'étroit maintenant, pourtant chacun arrive à trouver sa place.

– À trois, dit Edward. Un…

Eric soulève déjà la dalle.

Mon Dieu, pense Edward, ce gosse est une force de la nature. Il sent bien que c'est Eric qui fait le plus gros du travail, eux suivent le mouvement ; la plaque de pierre est hissée progressivement puis inclinée sur un côté, enfin elle glisse hors du trou pour finir par atterrir sur l'herbe.

Ils regardent.

– Oh, mon… souffle Isabella.

– … Dieu, termine Nancy.

Il y a des os dans la ciste. Ce sont de longs os humains.

Néanmoins, le schéma paraît quelque peu brouillé, et il faut à chacun un moment pour comprendre qu'il y a plus d'un squelette dans la tombe. C'est pourtant indéniable puisqu'ils finissent par distinguer *deux* crânes au fond du cercueil de pierre.

Chacun tente de décoder ce qu'il a sous les yeux.

Il y a un crâne plus volumineux, un squelette plus grand, accompagnés d'un crâne et d'un squelette plus petits.

– Vous pensez ce que je pense ? questionne Nancy.

Edward ne dit rien.

– Oui, répond sobrement Mat. Le plus grand tient le plus petit dans ses bras. C'est mon impression.

⁂

Eric sort de la tranchée, ramasse son lièvre en peluche et retourne se percher sur son nouveau monticule.

Il secoue doucement la tête.

– Eh bien, il en va ainsi, dit-il, bien que personne ne l'entende.

6

Ce soir-là, le travail achevé, Edward renvoie ses collaborateurs à la Maison du Gardien sans lui.

Il a quelque chose à faire.

Tandis que les trois plus jeunes rassemblent leurs affaires, il remarque qu'Eric est déjà parti, mais il sait où habite le garçon. Il emprunte un chemin légèrement différent pour traverser la prairie, se retrouve dans une allée puis gravit les marches qui mènent à la porte d'Eric.

Il frappe et attend.

N'entendant aucun bruit à l'intérieur, il se demande s'il s'est trompé, mais alors il perçoit un bruit de pas discrets, ensuite la porte s'ouvre.

Une femme se tient devant lui. Elle doit avoir le même âge que lui, elle a un visage ouvert et affable.

– Oui ? interroge-t-elle, avant de reprendre : Oh, je sais. Vous êtes l'archéologue, n'est-ce pas ? Quand on parle du

Diable… Eric m'a tout raconté. Voulez-vous entrer ? Prendriez-vous une tasse de thé ?

Edward est quelque peu déconcerté. Pour commencer, il n'imagine pas Eric s'épancher longuement.

– Je… c'est très aimable à vous. Je voulais juste remercier Eric pour l'aide qu'il nous a apportée aujourd'hui. On n'y serait pas arrivés sans lui.

La femme rit.

– Arrêtez. C'est moi qui devrais vous remercier. Je vous en prie, venez prendre le thé. Les visites ne sont pas si fréquentes.

Edward s'en étonne. Parce que la femme est délicieuse. Certes, elle a la cinquantaine, mais les rides autour de ses yeux ne font que rehausser sa beauté et renforcer le charme de toute sa personne. Mais peut-être Eric rebute-t-il les gens, peut-être certains sont-ils mal à l'aise en présence de quelqu'un comme…

Quelqu'un comme quoi ?

Edward se morigène intérieurement. Eric est un être humain parmi d'autres, il est simplement différent, à sa manière. Comme tout le monde, au fond. Néanmoins, il reste étonné d'entendre la mère d'Eric affirmer que son fils l'a tenue au courant des fouilles.

– Je m'appelle Edward, dit-il en tendant la main.

Elle la lui serre fermement.

– Moi, c'est Merle.

7

Assis à la table de la salle à manger attenante à la cuisine, Eric joue avec son lièvre. De près, Edward se rend compte qu'il s'agit d'une très vieille peluche ; le garçon doit l'avoir depuis son plus jeune âge. Elle est ternie, pelée, visiblement elle a maintes fois été recousue.

Eric fait sautiller le lièvre d'un bout à l'autre de la table, aller et retour, ses lèvres formant des mots inaudibles, comme s'il parlait secrètement au jouet.

– Oui, je suis sérieuse, dit Merle qui s'affaire à préparer le thé. Je ne me rappelle pas qu'il ait un jour été aussi intéressé par quelque chose. Qu'il ait été aussi heureux.

Heureux ? s'interroge Edward.

Le garçon ne paraît pas spécialement heureux, mais enfin, peut-être a-t-il sa façon à lui d'exprimer son bonheur. Chacun en a une, non ?

– Il m'a dit vous avoir aidé à soulever une grosse pierre... ?

– Il l'a pratiquement soulevée tout seul. Mais, oui, en effet.

– Il est fort, il n'y pas de doute. Eh bien, Eric et moi acceptons vos remerciements. N'est-ce pas, Eric ?

Merle a haussé la voix pour s'adresser à son fils toujours assis dans la salle à manger.

Eric lève brièvement la tête et acquiesce. Après quoi, il recommence à jouer avec son lièvre.

– Mais ce n'est pas réellement pour cette raison que je voulais le remercier.

– Ah ?

Edward marque un silence. On arrive au sujet épineux. Où il reconnaît qu'il a envoyé promener trente-six ans d'expérience professionnelle parce qu'un idiot lui a dit où fouiller.

Un idiot ? Il se déteste de penser ce mot. Il s'en veut.

Il regarde dans la direction d'Eric.

Tousse.

– Le fait est... Le fait est, Merle, qu'Eric nous a dit où creuser, et nous avons fait une découverte stupéfiante. Nous n'arrivions à rien. Nous ne trouvions rien. Et puis, ce matin Eric m'a dit où chercher, et voilà le travail ! Une découverte extraordinaire.

Peut-être Merle ne comprend-elle pas ce qu'il raconte. Ignorant évidemment tout du protocole d'une recherche archéologique, elle ne semble en conséquence guère intéressée par le fait qu'Eric ait fourni le tuyau.

– Qu'avez-vous trouvé ?

– Un tombeau viking. Non que ce soit très rare en soi, mais celui-ci est insolite. Je n'ai jamais rien vu de pareil auparavant. À vrai dire, c'est peut-être le couronnement de ma carrière. Enfin. Je crois que personne n'a jamais rien vu de tel. Jamais.

– En ce cas, dit Merle, vous allez devoir remercier Eric pour cela aussi. Eric ? Tu as entendu ça ? Grâce à toi, ce gentil monsieur va devenir célèbre ! N'est-ce pas une bonne chose ?

– Merci, Eric ! lance Edward en riant.

Mais Eric se rembrunit, brusquement se lève de table et s'empresse de monter l'escalier.

– Je l'ai contrarié ? demande Edward. Je suis désolé. Je...

Merle fait un signe de tête négatif.

– Il est difficile à comprendre. Ne vous inquiétez pas, ça va. Il est ainsi parfois. Il est très timide. Très timide.

Bien qu'il ait envie de poser une question précise, Edward ne sait comment la formuler. Pourtant, il est sincèrement curieux de ce garçon, il l'aime bien, même s'il le connaît à peine.

– Qu'est-ce que... je veux dire, bredouille-t-il. Est-ce qu'il... ?

– Vous voulez savoir pourquoi il est ainsi ? suggère Merle, nullement blessée. Ne soyez pas gêné, en fait je suis contente que vous le demandiez directement. La plupart des gens tournent autour du pot, quand ils ne nous évitent pas carrément.

– Ce qui est dommage pour eux, lâche Edward à voix haute, avant même de prendre conscience de ce qu'il dit.

Merle hésite. Une lueur s'allume dans ses yeux.

– Vous avez raison, Edward, c'est dommage pour eux.

Elle lui touche l'avant-bras, très doucement, très brièvement.

– Il n'est pas né ainsi. Bébé, il était ce que les *autres* appelleraient normal. C'est arrivé quand il avait deux ans.

Elle hésite encore un moment, plongée dans le souvenir.

– C'était à cette période de l'année. La Lune Fenaison, l'époque des foins. Les hommes avaient commencé à faucher dans la prairie, et Eric... Eric... Subitement, je ne l'ai plus vu. Il était là l'instant d'avant, j'étais en train d'étendre du linge dans le jardin, et d'un coup il n'a plus été là. Je ne le trouvais plus. Je me suis affolée, vous pensez bien. Une mère est toujours... Enfin, j'ai entendu des cris dans la prairie. J'ai couru là-bas.

« C'est là qu'Eric était allé. Il avait rampé dans l'herbe. Elle était haute, et sans doute s'y était-il caché. L'un des faucheurs l'avait touché avec sa faux. Pas avec la lame, Dieu merci, mais il l'avait frappé dans le mouvement de retour. Le coup l'avait atteint à la tête. Il est resté inconscient, nous pensions qu'il ne... »

Elle se tait de nouveau.

– Excusez-moi, dit Edward. Je n'aurais pas dû en parler.

– Si, si, c'est bien. Sincèrement. C'est juste que je n'ai pas raconté cette histoire depuis un moment. Ça n'intéresse personne.

– Moi si, fait doucement Edward.

Les lèvres de Merle articulent un « merci » à peine audible.

– Quand il est revenu à lui, nous avons su immédiatement que quelque chose ne tournait pas rond. C'était toujours notre petit garçon, mais il avait changé. C'est devenu de plus en plus évident à mesure qu'il grandissait.

– Qu'était-il allé faire dans les foins ?

– Allez savoir. Qui sait comment fonctionne le cerveau d'un bambin ? Pour ma part, j'ai toujours pensé que c'était à cause des lièvres. Avez-vous vu les lièvres ? Sur l'île ?

Edward répond par la négative.

– Eh bien, guettez-les, il y en a beaucoup. Eric était fasciné par ces animaux, même quand il n'était qu'un tout petit bout de chou. Souvent, ils s'assoient dans la prairie, avant le fauchage. Quand les faux entrent en action, vous pouvez les voir filer à la recherche d'un abri. Je pense qu'Eric voulait être un lièvre, voilà.

Soudain, Merle attrape avec ardeur la main d'Edward.

– Je l'aime tellement. Je ferais n'importe quoi pour lui. Avez-vous des enfants, Edward ?

Il secoue la tête. Pense à la main qui étreint la sienne.

– Sauf que je ne parviens pas à l'atteindre. Pas à la façon d'une mère. Il est loin de moi, comme s'il était parti en voyage quelque part, dans un endroit où je ne peux le suivre. Il voit des choses que je ne vois pas. Je suis incapable de vous expliquer.

Elle s'interrompt, fait une autre tentative.

– C'est comme aimer quelqu'un venu d'un autre monde.

Dans le long silence qui suit, Edward songe qu'il doit poser une autre question, aborder cette chose qui n'a pas été évoquée mais qui plane depuis l'instant où il a franchi le seuil de cette maison paisible habitée par une mère et son fils.

– Qui était-ce ?

Merle ne répond pas. Elle se détourne à moitié, la tête inclinée. Mais Edward n'est pas prêt à lâcher.

– Qui était-ce ? Qui l'a heurté avec la faux ? Je comprends que c'était un accident, bien sûr, mais qui maniait la faux ?

Une fois de plus, Merle garde longtemps le silence avant de répondre.

– C'était son père. Mon mari.

– Où est-il maintenant ? murmure Edward, si bas qu'il entend à peine sa propre voix.

Les yeux de Merle se voilent de larmes.

– Il n'a pas pu assumer ce qu'il avait fait à notre petit garçon. Il est… parti.

8

Pendant le dîner, les quatre archéologues discutent de leur découverte, ce qu'elle signifie, comment poursuivre, mais en dépit de l'excitation ambiante, l'esprit d'Edward n'est qu'à moitié dans le débat. Ses pensées vagabondent vers une maison à proximité d'une prairie, ses pensées sont dans cette prairie, quatorze ans auparavant, alors qu'un petit garçon se glisse dans les hautes herbes avec l'idée de s'y pelotonner pour dormir, auprès de ses amis les lièvres.

Les autres devisent.

– Il y a un adulte et un enfant, c'est évident, dit Mat.

– Non, il peut s'agir d'une femme de petite taille, dit Isabella. Et nous ne connaissons pas encore leur sexe. Demain, si nous extrayons les crânes, nous devrions apprendre quelque chose.

– Les os de la hanche fournissent aussi des renseignements.

– Parfois.

– À mon avis, dit Nancy, c'est un adulte et son enfant. Ils ont dû mourir en même temps, de maladie probablement, et on les a enterrés ensemble. L'enfant dans les bras de la mère. Ou du père.

– C'est si triste.

– En même temps, c'est un cérémonial assez émouvant, reprend Nancy. Dans son aspect protecteur. Comme si le parent devait assurer la sécurité de l'enfant jusque dans la mort. Vous avez lu cet article sur une sépulture mésolithique où on a trouvé le squelette d'un enfant allongé sur une aile de cygne ? Je trouve ça beau, aussi. Comme si l'aile allait l'emmener au ciel.

Edward finit par sortir de sa torpeur.

– Disons que nous savons ce que nous savons, et ce que nous ne savons pas nous l'apprendrons. Demain, Nancy et Isabella travailleront sur les os. Mat et moi continuerons la tranchée deux. Il n'y a pas de place pour nous dans la ciste, on ne ferait que vous encombrer.

– Tu es sûr ? dit Nancy.

– Absolument. Mais nous allons procéder dans les règles. Ce qui signifie que je dois téléphoner à l'université dès demain matin… Logiquement, dans trois jours, quatre au maximum, beaucoup de renforts rappliqueront ici et grouilleront autour de *notre* découverte.

Les trois assistants sont offusqués.

– Allons, tempère Edward, vous savez comment ça marche. Il va falloir vous y habituer. Mais voyez plutôt le bon côté : pendant les trois jours à venir, peut-être quatre, le site est entièrement à nous, alors faisons notre possible dans le temps imparti.

Il conclut par un clin d'œil.

⁂

Ils sont contents de leur découverte, mais ils ignorent que le lendemain ils vont faire une autre découverte tout aussi remarquable quoiqu'elle ne remonte pas à onze siècles.

Ce sera vieux de soixante ans seulement, et c'est mortel.

9

Ils passent la journée du lendemain à travailler avec soin ; tandis que Nancy et Isabella commencent à prélever les os, Mat et Edward progressent quelque peu dans leur tranchée.

Ce jour-là encore, Eric observe depuis un monticule, serrant étroitement son lièvre dans son poing.

Ils sont arrivés assez profond à présent, ils ont trouvé quelque chose qui ressemble à du bois coupé, rien d'aussi excitant que sous le cairn, mais l'éventuelle preuve d'une ancienne construction, et s'il leur faut brosser un descriptif exhaustif de la ciste, il sera indispensable de la resituer dans son environnement.

– On devrait étayer, non ? demande Mat à Edward en milieu de matinée.

Edward examine la tranchée.

– Pas encore, non. Si nous étions plus bas, ou si le sous-sol était moins solide, je te répondrais oui.

Mat ne paraît pas convaincu.

– Tu es sûr ? On est allés bien plus creux, rien que ce matin.

Edward sait que son assistant a raison ; l'excavation est profonde. Mais ils n'ont pas le temps d'aller acheter du bois sur le continent, de fabriquer les étais et de les mettre en place alors qu'il ne tend que vers un but : savoir ce que racontent les os.

– Ça va encore. On continue.

Mat jette un coup d'œil en haut de la tranchée, le sol est maintenant largement au-dessus de sa tête, il regarde ensuite l'échelle qui leur permet de descendre et de remonter, après quoi il se penche pour reprendre son labeur.

Eric se tient en sentinelle, à observer Nancy et Isabella. Il est venu un peu plus près aujourd'hui, il tient son lièvre serré contre sa poitrine, de temps en temps il lui caresse le dos.

Les filles exhument les os un à un, avec d'infinies précautions, comme on manipule une substance dangereuse — ils sont si fragiles qu'ils pourraient se briser à tout instant.

Jusqu'ici elles n'ont trouvé aucune trace de vêtements, il peut néanmoins y avoir des fibres microscopiques qu'on identifiera plus tard au labo.

Puis Nancy aperçoit quelque chose.

– Salut, dit-elle. Tu es quoi, toi ?

En dehors des os, le tombeau semblait ne rien abriter d'autre, mais à présent qu'elles ont démêlé les bras de l'homme des bras de l'enfant (comme elle aime se les figurer), puis prélevé le crâne et les côtes de l'enfant, elle distingue mieux le squelette adulte.

– J'ai quelque chose ! crie-t-elle.

Edward n'entend pas, Mat si.

– Elles ont trouvé un truc. On va voir ?

– Non… fait Edward, qui corrige aussitôt. Oui, bon sang !

– J'arrive tout de suite, reprend Mat. Je finis ça.

Edward grimpe le premier à l'échelle et part vers la ciste. Mat le suit de peu, et il est déjà à mi-hauteur de l'échelle quand quelque chose accroche son regard.

Sur la paroi du fond de la tranchée, derrière l'échelle, une protubérance affleure à la surface de la terre.

Il sort sa truelle de sa poche arrière et gratte un peu.

Ce qu'il voit l'intrigue tellement qu'il gratte encore un peu. Puis avec davantage de vigueur. Il reconnaît du métal, alors il creuse autour, jusqu'à dégager une motte de terre sur le côté.

Il comprend subitement ce qu'il a sous les yeux, la peur le fait bondir. Ses pieds glissent sur les barreaux humides de l'échelle, et il tombe, entraînant dans sa chute un grand pan de la paroi qui s'effondre subitement.

Il crie, mais il gît déjà au fond de la tranchée, enseveli sous l'éboulement jusqu'à la poitrine.

À moitié découverte désormais, une bombe est suspendue au-dessus de sa tête.

10

Simultanément, Nancy s'apprête à montrer à Edward ce qu'elle vient de découvrir dans la tombe. Des débris de bois spongieux, fragiles, parmi les os du squelette adulte.

Une partie au niveau de la poitrine, l'autre entre les mâchoires.

⁂

Ils entendent Mat crier, puis le fracas de la terre qui dégringole, et à partir de là tout se brouille.

⁂

En un éclair, ils sont à la tranchée deux.

D'abord, malgré la vision de la boue et de l'échelle culbutée, ils sont soulagés de voir que Mat n'est pas complètement enseveli. Puis ils distinguent l'horreur sur les traits du jeune homme qui, sans articuler un mot, désigne du doigt l'ailette arrière qui pointe hors de la paroi écroulée, juste au-dessus de sa tête.

– Oh, mon Dieu, souffle Edward d'une très petite voix.

Puis il crie :

– Allez chez Eric ! Sa mère peut appeler les secours. Vite !

Les filles partent en courant, Edward se déplace lentement vers la partie un peu plus sûre de la tranchée.

– Ça va aller, Mat. Elles sont allées chercher de l'aide. Elles vont ramener des secours.

Mat est terrifié. Choqué par sa chute, peut-être souffre-t-il aussi d'une fracture.

– Edward, articule-t-il. Edward, Edward…

– Les secours ne vont pas tarder, dit Edward.

Mais il pense aussitôt que ce n'est certainement pas vrai. Il n'y a même pas un poste de police sur l'île, ce qui signifie qu'il faut envoyer une vedette depuis le continent, de Skarpness, ce qui prendra au moins une demi-heure.

Le regard d'Edward se fixe sur l'autre extrémité de la tranchée, sur la bombe, et au même instant il entend un hurlement.

C'est Merle qui hurle, elle traverse le champ en courant.

Elle hurle parce que Eric vient de s'agenouiller au bord de la tranchée, à côté de la bombe.

Nancy et Isabella rattrapent Merle, lui saisissent les poignets et la tirent en arrière, afin de l'empêcher de rejoindre son fils.

– Non ! Eric, non ! gémit-elle.

Nancy la retient, fermement, elle n'a plus rien d'indolent.

Edward regarde Eric à l'autre bout de la tranchée.

Il réfléchit très vite. Il n'y a pas moyen de le rejoindre rapidement, d'arriver jusqu'à lui à temps. Alors, il lui parle, calmement mais fermement.

– Non, Eric. C'est dangereux. Va retrouver ta mère maintenant, Eric. C'est dangereux ici.

Gisant au fond de la tranchée, Mat assiste à tout et comprend tout. Sa plainte se répète :

– Edward, Edward, Edward…

– Eric ! Non !

Eric ne tient aucun compte des suppliques d'Edward.

Il se penche et referme les doigts sur l'ailette arrière du carénage rouillé de l'engin mortel lâché par un bombardier dans les dernières semaines de la Seconde Guerre mondiale.

À présent, plus personne n'ose respirer. Merle elle-même s'est tue, quoiqu'elle bataille encore pour se libérer.

Eric se met debout au bord de la tranchée.

Il s'est emparé de la bombe.

Edward se redresse lui aussi, les jambes flageolantes.

Eric fixe les yeux sur lui.

– C'est dangereux, Eric.

En guise de réponse, Eric enfouit son lièvre dans la poche de sa veste puis assure sa prise sur la bombe avec les deux mains.

Au fond de la tranchée, Mat gémit.

Au-dessus, Edward, Merle, Nancy et Isabella regardent Eric traverser la prairie en portant la bombe qui n'a pas explosé. Il se dirige vers le quai.

Ils le voient gravir lentement les marches qui mènent au quai, marcher lentement le long de la jetée en pierre, dépasser les bateaux de pêche, et s'arrêter à l'extrémité, silhouette solitaire qui se détache sur le bleu miroitant de la mer.

Il lâche la bombe dans les flots, l'engin chute sans bruit et disparaît tranquillement avec à peine une éclaboussure. Après quoi, calmement, Eric repart vers la prairie.

Tous se précipitent vers lui, l'enlacent, il mâchonne l'oreille de son lièvre.

– C'est dangereux, maman, énonce-t-il.

Merle pleure et pleure, Edward pleure aussi, mais il finit par se ressaisir. C'est lui le responsable ici.

– Eric, toi qui es si costaud, il faut sortir Mat de ce trou. Tu peux y arriver ? Tu peux nous aider ?

Eric hoche la tête.

Plus tard ce même jour, une fois tout le monde calmé, on se retrouve assis à la table de Merle.

Mat se porte bien, il se tire de son inhumation prématurée avec une simple entorse au genou. Tout le monde boit une infusion qui, assure Merle, est le meilleur remède pour leurs nerfs.

– Cela vous aidera à dormir ce soir, dit-elle. Toi aussi, Eric. Bois.

Elle vient se planter derrière son fils et pose les mains sur ses épaules.

– Espèce d'idiot, fait-elle d'une voix qu'elle s'efforce de rendre légère. Tu aurais pu te faire du mal. Tu aurais pu mourir.

Eric tourne la tête et regarde sa mère.

– Non. Je ne pouvais pas mourir. Je ne suis pas exactement le dernier.

Nancy et Isabella guettent silencieusement une explication d'Edward, explication qu'il est incapable de leur fournir.

– Ne vous faites pas de souci, conseille Merle. Eric dit parfois des choses qui n'ont pas vraiment de sens.

– Je ne voudrais pas qu'il soit autrement, dit Edward.

Et il enlace les épaules de Merle, car c'est le geste qui lui paraît juste à cet instant.

Il n'a jamais eu d'enfant. Il pensait que l'occasion était passée, mais qui sait, songe-t-il, peut-être n'est-il pas encore trop tard.

Il sait qu'il serait fier d'appeler Eric son fils, même si l'adolescent dit parfois d'étranges choses.

Eric sourit. Et répète :

– Je ne suis pas exactement le dernier.

Troisième partie

L'AVIATEUR

Août 1944 - La Lune Moisson

1

Il fait noir lorsque l'aviateur tombe du ciel. Autour de lui, la tempête fait rage, mais c'est un déchaînement artificiel ; le tonnerre et les éclairs sont ceux d'un bombardement et de balles traçantes.

Alors qu'il dégringole dans l'air frais de la nuit telle une feuille malmenée par une bourrasque d'automne, il manœuvre doucement les suspentes, et la toile du parachute répond dans un soupir. La violence continue tout autour, les éclairs fusent au-dessus, les éclairs fusent au-dessous.

L'un de ces éclairs signera la désagrégation de son Supermarine Spitfire ; il s'efforce d'étouffer la peur et le sentiment de perte que lui procure cette idée. Quelques minutes plus tôt, l'appareil était une bête rugissante, un tigre qui fendait le ciel, dans quelques secondes ce ne sera plus que l'incendie d'une carcasse tordue et brisée autour d'un moteur Rolls-Royce douze cylindres.

Il tente de repérer son point d'atterrissage, mais il fait nuit et les éclairs intermittents ne font que l'aveugler davantage.

Puis soudain le sol se précipite à sa rencontre sans qu'il ait le temps de se préparer.

Il sombre dans l'inconscience avant même d'éprouver la douleur.

2

L'aviateur se rêve suspendu entre la vie et la mort dans des songes aussi tordus et disloqués que la carcasse de son avion de chasse qui fume encore à flanc de colline à moins de deux kilomètres de là. Il est la proie d'étranges visions du ciel et de l'enfer, il cauchemarde qu'il doit courir, mais qu'il est incapable de se mouvoir, ou que quelque chose le traque à travers des cratères embrasés.

Il gémit dans son sommeil, se débat farouchement, pour le plus grand émoi du lièvre qui s'est assis à proximité et l'observe, plissant ses grands yeux dans la nuit quasiment dépourvue de lune.

Pour finir, avant de s'éveiller au point du jour, il rêve qu'il se fait dévorer par un dragon.

Il s'assied et hurle : il a la cheville brisée.

Une bête à quatre pattes quitte son champ de vision troublé, et il reconnaît le dragon de son rêve, un grand chien, un chien-loup. Il retombe sur le dos et de sa main gantée de cuir épais essuie son visage trempé par les coups de langue.

Tournant péniblement la tête, il aperçoit les suspentes de son parachute étalées dans un champ de blé. Son atterrissage a causé de sacrés dégâts. La panique s'empare brusquement de lui.

Il se rassoit, évitant cette fois de recourir à sa jambe droite dont la cheville le fait affreusement souffrir.

Le chien ne s'est éloigné que de quelques mètres, à présent il reste assis à observer l'homme tombé du ciel, haletant joyeusement.

Où diable suis-je ? pense l'aviateur.

La dernière chose dont il se souvienne est d'être parvenu à joindre Petter par radio avant de s'éjecter, mais ils étaient déjà largement sortis de leur route, ayant dû fuir vers le nord pour éviter une patrouille de chasse. Quel manque de pot d'en croiser une deuxième. Les appareils ennemis ont surgi de nulle part et pilonné la moitié de l'escadrille avant qu'ils n'aient le temps de comprendre ce qui se passait.

Ils ont survolé la côte, Dieu sait où, puis il a aperçu les lumières d'un petit groupe d'îles et prié pour pouvoir se poser sur l'une d'elles plutôt que devoir amerrir ; s'abîmer en mer, c'était la mort assurée.

Il réfléchit, il tente d'évaluer ses chances de survie.

Il a la cheville cassée, il ne peut pas marcher.

Si sa trousse d'urgence a tenu le coup, il peut se faire une injection de morphine, ce qui calmera pour un temps la douleur.

L'île doit être habitée puisqu'il y a un champ de blé et un chien domestiqué.

Il sait qu'il ne se trouve pas sur le continent ; à part ça, il peut avoir atterri n'importe où : ils ont fait un long chemin cap au nord avant le combat.

Il a pu joindre Petter par radio, mais peut-être Petter ne s'en est-il pas sorti non plus.

Non, il ne doit pas penser ça.

Petter Åkare est un bon pilote, il s'en sera tiré. Il transmettra leur position et puis...

Puis quoi ?

Ils ne vont pas monter une opération de sauvetage pour un pilote disparu, même capitaine. Le mieux qu'il puisse espérer est d'entrer en contact avec les forces alliées, de se faire récupérer par la marine.

Il est plongé dans ses réflexions lorsqu'il entend une voix rude qui appelle :

– Skilla ! Skilla !

Il se démène maladroitement pour ôter ses gants.

– Skill-a !

C'est une voix masculine, qui paraît en colère même si ses cris ne sont pas compréhensibles.

Il est parvenu à se débarrasser de son gant en tirant avec les dents. Il tâtonne à la recherche de son pistolet mais, avant qu'il ait pu soulever le rabat de son holster, la lumière au-dessus de lui est occultée par la silhouette d'un homme. Un homme massif.

Celui-ci baisse les yeux et émet un sifflement.

Le chien bondit autour de lui, se met à lui lécher la main.

– Alors, Skilla, dit-il, qu'est-ce que tu as trouvé, cette fois ?

3

– Attends ici, dit l'homme.

L'aviateur ne sait si l'ordre s'adressait à lui ou à Skilla car le chien-loup reste aussi sur place, haletant bruyamment auprès de lui, tandis que l'homme s'éloigne.

Il demeure absent un long moment, temps durant lequel l'aviateur se demande s'il devrait tenter de fuir.

– Bonne idée, dit-il tout haut à Skilla. Et où irais-je en rampant ?

Le chien le considère en haletant un peu plus fort et laisse pendre sa longue langue rose.

Quand l'homme revient, il est accompagné d'un autre, plus jeune, probablement son fils. Ils ont fabriqué un brancard avec deux troncs de pin grêles et une espèce de grosse toile.

Sans prononcer un mot, ils libèrent le blessé de son harnais et le soulèvent pour l'allonger sur la civière. La douleur est telle qu'il manque perdre à nouveau connaissance, mais quelque chose exige de lui qu'il se montre fort face à ces deux hommes taciturnes. Pendant que ceux-ci le transportent hors du champ de blé, il serre les dents et se concentre sur les nuages blancs qui voguent dans l'azur.

C'est dans un semi-délire qu'il contemple le ciel, son véritable foyer. C'est là que je devrais être, pense-t-il. Dans le paradis bleu, le moteur grondant devant moi, le vent sifflant dans mon sillage. En vérité, c'est pour cela qu'il s'est enrôlé dans l'armée de l'air. S'il devait combattre, et s'il devait finir par mourir, au moins qu'il ait pu voler comme un ange, avant.

C'est là-bas que je devrais me trouver. Là-haut.

Mais il est maintenant cloué au sol, et pire que ça puisqu'il ne peut même pas marcher. Il est un ver de terre, rivé à la surface d'une boule de gadoue.

Bientôt, l'équipe de secours, constituée des deux hommes silencieux et du chien à langue pendante, franchit une clôture basse en fil de fer sur le côté du champ de blé et s'engage dans un sentier qui serpente le long d'un bois.

Ils obliquent dans un autre chemin. En se dévissant le cou, l'aviateur constate qu'ils se dirigent vers une ferme.

Il est encore très tôt. Il ne peut voir sa montre mais il est en mesure de le déterminer grâce à l'inclinaison du soleil, grâce au parfum de la rosée qui se dégage de la végétation, grâce au chant matinal des jeunes coqs dans la basse-cour.

Une femme sort en courant de la maison de ferme, plonge un bref regard vers lui, et fait signe à l'homme le plus âgé.

– Vite, dit-elle.

On le transporte dans la cuisine, on pose le brancard sur la table, puis on le soulève pour l'asseoir dans un grand fauteuil en bois. Il tressaille quand on pose sa jambe blessée sur un petit tabouret, mais il est déterminé à ne pas faire le douillet.

– Capitaine de l'armée de l'air D. Thompson, 331e escadrille de chasse, déclare-t-il.

Il s'est exprimé avec autant de superbe que possible pour, aussitôt, se rendre compte qu'il se tient comme un imbécile. Il ne fait pas face à la police secrète ennemie. Il a affaire à trois paysans, un homme dans la cinquantaine, son épouse, leur fils.

Debout et le regardant fixement, tous trois semblent perplexes.

Il sourit.

– Appelez-moi David, dit-il.

Le fermier acquiesce d'un hochement de tête. Puis tourne les yeux vers sa femme.

– Voici Rebecka. Et voici Benjamin, mon fils.

Disant cela, il pose une main sur l'épaule du jeune homme. Incapable de se lever pour parfaire les présentations, David tend la main. Le paysan ne la prend pas, il reste à sa place.

– Je m'appelle Erik, conclut-il.

Il ne sourit pas.

4

Quand David s'éveille de nouveau, il est dans un lit. Il ignore combien de temps il a dormi. Après son transport à la ferme, Erik a renvoyé Benjamin dans le champ de blé pour y ramasser l'attirail de l'aviateur.

David a expliqué à Rebecka comment s'administre la morphine ; quelques instants après l'injection, il a commencé à se sentir très somnolent, il succombait à l'épuisement et au choc.

– Nous allons cacher votre parachute, a dit Erik. Et votre équipement.

Mais le capitaine David Thompson dormait déjà.

– Eh bien, a dit Erik d'un air sombre, il en va ainsi.

⁂

David se réveille maintenant dans une chambre grande mais dépouillée qui souligne la modeste position sociale de ceux qui l'hébergent. Le matelas sur lequel il repose est bourré de paille ; il est couvert d'un édredon blanc de duvet d'oie ou de canard ; il reconnaît les cris des deux volatiles dans la basse-cour.

Il estime avoir dormi vingt-quatre heures, ce qui paraît plausible vu son envie de pisser. Ça pose un problème dans la mesure où il ne peut pas marcher.

Il entend des voix en bas, il ne peut saisir les mots mais on parle assez haut, on se dispute.

Il entend une porte claquer et, quelques minutes plus tard, des pas dans le couloir. La porte s'ouvre.

Rebecka passe la tête dans l'entrebâillement, s'attendant à le trouver endormi.

– Oh, s'exclame-t-elle, vous vous êtes réveillé, finalement.

– Je ne me suis jamais senti aussi bien, ment-il.

– On a pensé que le mieux était de vous laisser vous reposer le plus longtemps possible.

– C'est très gentil. Vous êtes bien aimable. Je ne sais pas comment je pourrai vous remercier.

Quelque chose passe sur le visage de Rebecka. Elle pénètre dans la chambre et entreprend de mettre un peu d'ordre, ce qui donne à David le loisir de l'observer. Elle a une mine honnête, pense-t-il. Elle est grande, très grande en fait, et solide. Le mot « robuste » surgit dans son esprit.

Il se rend compte qu'on l'a entièrement dévêtu ; ses vêtements sont proprement disposés sur une chaise à côté du lit. Au sommet de la pile, il reconnaît même son écharpe en soie à motif camouflage, pliée avec soin.

L'envie d'uriner se manifeste à nouveau, il toussote.

– Euh… Un besoin naturel…

Rebecka le fixe d'un visage dépourvu d'expression, puis saisit. Elle se penche pour attraper sous le lit un grand récipient en porcelaine.

– Vous pensez y arriver ? demande-t-elle.

Mon Dieu, pense-t-il horrifié, elle m'offre son aide ?

Il sourit.

– Je trouverai un moyen, lance-t-il vivement.

Elle quitte la chambre et il fait ce qu'il a à faire. Chaque seconde est un supplice.

Dès qu'il a terminé, il s'écroule sur le lit, le front dégoulinant de sueur.

J'aurais dû lui demander de me faire une autre piqûre, pense-t-il, mais peu après il se sent repris par la somnolence.

Alors qu'il dérive à nouveau vers l'azur du rêve, ses yeux se fixent sur ses vêtements, sur les restes de son équipement, et il remarque un détail.

Son pistolet n'est pas là.

5

Quand il comprend qu'ils lui ont donné leur propre chambre, le capitaine David Thompson insiste pour être déplacé dans une autre pièce, n'importe laquelle.

S'ensuit une longue discussion à l'issue de laquelle, comme il entreprend de se hisser dans son lit en affirmant qu'il rampera s'il le faut, ses hôtes cèdent.

⁂

Un peu plus tard, il emprunte le couloir en sautillant sur un pied, soutenu par Erik d'un côté et Benjamin de l'autre. Le couloir est si étroit qu'il leur faut avancer de biais. Bientôt, il se retrouve installé dans un lit plus petit dans une chambre plus petite.

Là, il se rend compte qu'il s'agit de la chambre de Benjamin, et il recommence à protester, surtout qu'ils ont dépassé une porte close dans le couloir, qu'il suppose être une troisième chambre.

– Vous êtes notre hôte, dit Benjamin en posant la mair sur son avant-bras. Et vous êtes malade. C'est l'été, je serai très bien dans la grange. On a rentré le foin le mois dernier, ça fait un lit très doux. Vous verriez courir les lièvres quand on coupe le foin ! C'est ce que je préfère dans les travaux de la ferme. Ce qu'ils cavalent ! C'est fou !

Le jeune homme continue de bavarder de choses et d'autres, si bien que, très vite, David oublie le sujet initial de leur conversation.

Rebecka apparaît sur le seuil, avec l'ampoule de morphine et la seringue.

– Vous êtes un ange, dit David, car la douleur a repris de plus belle.

En sombrant dans le sommeil, il pense à trois choses qui l'inquiètent.

Il n'a pas cherché à savoir où il se trouve.

La douleur est encore atroce, alors qu'il reste très peu de morphine.

En bas, on continue de se disputer. Il se doute que c'est à son sujet.

6

Le lendemain, David se sent suffisamment bien pour se lever un peu.

On le transporte au rez-de-chaussée, il s'assoit près de la table de la cuisine, dans le grand fauteuil, la jambe droite étendue devant lui, le pied sur un tabouret garni d'un coussin.

Rebecka s'affaire au fourneau.

Erik et Benjamin sont sortis ; toujours au travail.

David sait que mener une ferme représente un labeur incessant ; quand il était jeune garçon, il passait ses étés dans une ferme du Devon. Maintenant qu'il y pense, il n'a pas la moindre idée de la raison pour laquelle il allait là-bas. Ses parents étaient ailleurs. Mais enfin, ses parents étaient toujours ailleurs.

C'est pendant ces étés à la campagne qu'il a su qu'il voulait voler. Il se revoit assis sur le seuil de la porte de derrière, en train de boire du lait. Le lait tout juste tiré était encore tiède, ce devait être un début de soirée, des dizaines d'oiseaux qui nichaient dans les fissures des avant-toits volaient au-dessus de lui avec une rapidité et une adresse incroyables.

À cette époque, il n'avait encore jamais vu d'avion, mais quand il en vit, un ou deux ans plus tard, il sut qu'il ne voulait rien faire d'autre de sa vie. Il voulait voler et tomber amoureux.

Oui, il savait ça aussi quand il était jeune garçon.

⁂

Ses pensées le ramènent au présent.

– Au moins, donnez-moi quelque chose à faire, dit-il à Rebecka. Je me sens inutile assis à vous regarder cuisiner.

Rebecka va dans le cellier et en revient avec un grand panier de petits pois encore dans leur cosse. Couché sous la table contre le pied valide de David, Skilla lève brièvement la tête.

– Vous pouvez les écosser, dit Rebecka. Vous savez vous y prendre ?

Bien qu'elle plaisante, David est un peu irrité.

– Oui, dit-il. Je sais.

Ils s'affairent un moment en silence. Les pois s'amoncellent dans un saladier blanc, les cosses vides s'entassent sur la table ; Rebecka tranche, taille, hache et remue régulièrement la mixture qui mijote sur le feu. Il flotte dans la cuisine une odeur étrange, mais David ne la remarque pas vraiment.

Son esprit est absorbé ailleurs.

– Pourquoi est-ce que vous vous disputez ? finit-il par demander. C'est à propos de moi, n'est-ce pas ?

– Non... fait Rebecka.

Elle est aussitôt contredite par Erik qui vient d'apparaître sur le seuil :

– Oui. On se dispute à cause de vous.

David lâche la cosse qu'il avait en main.

– Écoutez, je vous suis très reconnaissant, à vous deux, à vous trois. Mais que puis-je faire ?

Il considère sa cheville. Il n'a pas la moindre idée du temps nécessaire à la guérison d'une cheville cassée.

– Vous n'auriez pas dû venir ici, lâche Erik, dissimulant à peine sa colère.

– Je n'ai pas vraiment choisi de venir ici. À ce propos, je ne sais même pas où se trouve *ici*.

– Ici, rétorque Erik en pénétrant dans la cuisine, votre guerre ne nous regarde pas. Nous n'avons pas choisi de nous battre, de nous entretuer. Nous voulons rester hors de votre conflit. Neutres. Et il faut pourtant que votre guerre arrive jusqu'à nous !

David secoue la tête.

– Que voudriez-vous que je fasse ? Je n'aimerais rien tant que repartir, sachez-le. Rendez-moi seulement mon pistolet et je m'en irai.

Erik grommelle et se détourne pour se laver les mains à l'évier. Tout en se les séchant, il revient à son interlocuteur.

– J'ai jeté votre arme à la mer. Elle fait partie de votre guerre, de votre vie, pas de la nôtre.

– Qu'entendez-vous par « ma guerre » ? L'ennemi...

– L'ennemi ? Il y a deux bords qui s'affrontent dans cette guerre, n'est-ce pas ? Mais bien que nous ayons déclaré que nous ne prendrions pas parti, nous avons *vos* ennemis sur notre sol. Ils ne devraient pas être là mais on signale leur présence tout le long de la côte. Ils pourchassent les autres, les vôtres. Ils cherchent les pilotes dont les avions se sont écrasés au sol. Vous, par exemple. Et ils finiront par venir vous chercher, alors votre guerre s'imposera ici, sur l'île de Blest.

Il tape du plat de la main sur la table, si fort que le saladier blanc tressaute.

Il se penche de façon à faire face à David.

– Je ne veux pas y participer.

Il tourne les talons et sort en trombe de la cuisine.

Furieux lui aussi à présent, David tente de le retenir.

– Où est mon pistolet ? Qu'avez-vous fait de mon pistolet ?

Mais Erik est parti et, maudissant sa cheville, David est incapable de le suivre.

Rebecka reste immobile devant la cuisinière, le dos tourné, les épaules tremblantes.

7

Les jours passent.

Petit à petit, la cheville de David guérit.

La morphine n'a pas duré longtemps mais, à la place, Rebecka l'a abreuvé en permanence d'une espèce d'infusion de couleur très foncée. Chaque jour, elle tranche, taille, hache devant son fourneau, mitonnant dans une petite marmite son breuvage au parfum plus qu'étrange.

Bien que l'odeur en soit désagréable, David doit reconnaître que la mystérieuse décoction a de puissantes vertus antalgiques.

– C'est ce que nous préparait ma mère quand nous étions malades, explique Rebecka. Et elle tenait la recette de sa mère. Nous avons une fleur particulière ici, qui ne pousse que dans la moitié ouest de l'île. Personne ne sait pourquoi, mais elle ne pousse pas de ce côté-ci. Regardez.

Elle montre une fleur très bizarre. D'un violet presque noir. On dirait une tête de dragon, pense David.

– Préparée comme il convient, reprend Rebecka, ça peut accomplir des miracles.

Il se demande si la plante n'a pas contribué à ressouder plus vite sa cheville car, au bout de deux semaines, il parvient à clopiner lentement dans le couloir, et même à descendre les escaliers, quoique alors la souffrance se ravive.

⁂

Les jours passent.

On donne à David quelques vieux vêtements d'Erik. Par précaution. Ils sont trop grands pour lui, il se sent ridicule. En plus, ça fait un drôle d'effet de porter les habits d'un autre homme, surtout quand cet homme semble vous détester. Mais bon, c'est pour plus de sûreté.

– Peut-être Benjamin est-il davantage de votre taille, commente Rebecka en l'examinant des pieds à la tête.

Justement, Benjamin arrive dans la cuisine.

– Quand on parle du Diable, on en voit les cornes… fait Rebecka. Qu'en penses-tu, fils ? Est-ce qu'il ne vaudrait pas mieux lui donner des habits à toi ?

– Je trouve qu'il est très bien tel qu'il est, déclare solennellement Benjamin, pour aussitôt éclater de rire.

Rebecka le chasse hors de la cuisine avec une grande cuiller en bois.

⁂

Les jours passent.

David se rétablit mais l'ambiance dans la maison empire.

Les disputes continuent, David les entend la nuit depuis sa chambre au bout du couloir. Il devrait faire quelque chose, mais il ne sait quoi. Quand il sera vraiment capable de marcher, il pourra s'en aller, même si cela signifie partir en captivité. Ou pire.

Durant les repas, personne ne parle.

Même Skilla se tait, tapi dans l'ombre sous la table.

⁂

Un jour, David ne supporte plus cette atmosphère. À la fin du dîner — ils ont mangé du poulet cuit en cocotte et du pain noir — au prix d'un grand effort, il se met debout.

Il regarde les trois personnes dont il met la vie en danger.

– Jetez-moi dehors, dit-il. Je n'en peux plus de cette situation, vous n'êtes pas en sécurité. Mettez-moi dans une charrette et ramenez-moi n'importe où dans les champs. Je me débrouillerai pour filer. Je l'ai déjà fait.

Il n'a rien fait de tel mais ça lui donne du courage de le dire.

Personne ne souffle mot puis, au bout d'un moment, Erik s'éclaircit la gorge.

– Asseyez-vous, David Thompson.

Sur ces mots, lui-même se lève et quitte la pièce.

– Aide ta mère, Benjamin, lance-t-il en partant. J'ai un travail à faire.

Rebecka pose une main sur l'épaule de Benjamin.

– Va avec ton père, dit-elle. Je peux débarrasser toute seule.

Une fois les deux hommes partis, David se rassied. Il en ressent un immense soulagement — la douleur était telle à se tenir debout sur sa cheville qu'il était au bord des larmes.

– Allez-vous me dire ce qu'il y a ? demande-t-il après avoir retrouvé une respiration normale.

– De quoi parlez-vous ?

– Il ne s'agit pas seulement de cette guerre. Cette guerre à laquelle vous dites ne pas prendre part. Vous pouvez ne pas vouloir participer à la guerre, mais vous faites partie du monde. Or le monde est en guerre. La question de ce que vous voulez ne se pose plus.

Rebecka se tait. Elle nettoie quelques assiettes puis, le torchon à la main, se retourne vers David et s'appuie à l'évier.

– Erik dit…

– Quoi ? Que je suis dangereux ? Que je vais vous attirer des ennuis ? Il a certainement raison, vous savez. Vous devriez peut-être écouter votre mari. Mettez-moi dehors avant que des soldats viennent me chercher.

– Personne ne sait que vous êtes ici.

– Vous en êtes sûre ? Et les autres villageois ? Personne ne m'a vu arriver ? Personne ne se demande pourquoi Benjamin dort dans la grange sur des bottes de foin ?

Rebecka ne répond pas à ces questions.

– Ce n'est pas un mauvais homme, souffle-t-elle.

– Je n'ai jamais prétendu une chose pareille.

– Mais vous avez raison. Il ne s'agit pas seulement de la guerre. Aucun de nous ne veut la guerre mais, vous avez raison, il y a autre chose.

David perçoit la tension dans sa voix, lui-même sent battre son cœur. Il soupçonne ce qu'elle s'apprête à lui confier.

– Vous avez sans doute remarqué qu'il y a une chambre vide à l'étage…

Elle s'interrompt, porte la main à sa bouche, secoue la tête et toussote.

– Benjamin n'est… n'était… pas notre unique enfant. Nous avions aussi une fille. Elle s'appelait Sarah. Elle avait douze ans. Un jour, cela remonte à deux étés, des avions ont survolé l'île. Ils étaient poursuivis par votre armée. Ils se battaient.

Sa voix se fait plus sourde mais elle continue.

– On était dans les champs, on a couru pour s'abriter. Puis les avions ont lâché leurs bombes. Benjamin dit qu'ils ne l'ont fait que pour s'alléger, afin de pouvoir voler plus vite et s'échapper. Il a lu quelque chose là-dessus. De fait, ils ont pu fuir sans dommage, mais pas avant que leurs bombes soient tombées sur notre île.

La voix de Rebecka n'est maintenant plus qu'un murmure — les violents battements de cœur de David la couvrent presque.

– Sarah était à la ferme. Elle a couru vers le bûcher. Une bombe est tombée droit dessus.

Elle se retourne vers l'évier, tordant son torchon.

– Voilà pourquoi Erik est tellement en colère. Cette guerre, qu'aucun de nous ne veut, nous a pris notre fille. Qu'avait-elle fait ? Pourquoi elle ?

Elle regarde David droit dans les yeux, les larmes coulent sur son visage.

Elle murmure.

– Pourquoi ?

8

Les jours à la ferme passent comme si la guerre n'avait jamais existé. Erik et Benjamin travaillent à longueur de journée dans les champs, Rebecka mène la maison et s'occupe des bêtes.

Ils sont infatigables, opiniâtres, stoïques ; quand on pense à la tragédie de la mort de leur fille, se dit David, on s'étonne qu'ils aient conservé tant de vie en eux.

Une seule fois, il entend ce qui pourrait s'apparenter à une plainte.

– Il y a tellement à faire, lui dit Rebecka un après-midi, en préparant son infusion. Toujours tant à faire dans une ferme, mais ce n'est rien comparé à la moisson. C'est quand il faut récolter les blés que le travail sérieux commence.

Même en cette occasion, David ne décèle pas dans ses paroles d'apitoiement sur elle-même. Elle constate simplement ce qu'est leur vie ici, sur l'île, à la ferme.

– Quand allez-vous commencer ? demande David.

Il aimerait pouvoir les aider. Si ce n'est pas trop tôt, sa cheville pourrait être suffisamment rétablie.

– Après la Lune Moisson.

– La Lune Moisson ? Qu'est-ce que c'est ?

– Comme son nom l'indique. Ici, nous employons encore les noms anciens pour parler des lunes, des lunes pleines. Ces noms viennent de la terre, de la vie de la terre. La Lune Vêlage, quand les bêtes donnent naissance aux petits, la Lune Feuillage quand les arbres débourrent au printemps. La Lune Floraison. La Lune Moisson.

David écoute avec une attention songeuse.

– C'est joli, dit-il. Ça me plaît beaucoup. Et quand a lieu la Lune Moisson ?

– Après-demain, dit Rebecka.

Il ne sera pas en mesure de donner un coup de main.

9

Jusqu'à ce moment où Rebecka lui a raconté la mort de leur fille, David n'a pas songé à son foyer.

Inconsciemment, il avait décidé de bannir ce genre de pensées, comme si elles risquaient de le faire souffrir plus que ne le pourrait jamais sa cheville.

David est assis seul à la table de la cuisine, il regarde par la fenêtre. Il remarque distraitement que de la fumée s'élève dans la cour de la ferme ; on fait du feu ; puis il entend des éclats de voix.

Ils se disputent à nouveau, mais cette fois Benjamin est aussi de la partie.

Brusquement, le jeune homme fait irruption dans la cuisine.

– Monsieur Thompson, fait-il, le souffle court, mon père est en train de brûler vos affaires.

David bondit presque de sa chaise.

– Quoi ? s'écrie-t-il. Quoi ? Pourquoi ?

– Je ne sais pas. Il n'a plus le sens commun.

– Il faut l'en empêcher. Tu peux m'aider ?

Benjamin acquiesce et vient soutenir le blessé à sa droite. L'un boitillant, l'autre servant de béquille, ils quittent la cuisine et sortent dans la cour. Erik est planté devant un vieux fût métallique découpé d'où s'échappe une épaisse fumée grise.

David arrive trop tard : au moyen d'un gros bâton, Erik est en train d'enfoncer la dernière pièce de son uniforme dans le bidon.

Skilla court autour en aboyant.

Le cœur de David bat à tout rompre.

– Qu'est-ce que vous fichez ? Qui vous a donné le droit de faire ça ? Arrêtez !

Sans attendre, et ignorant la douleur qui lui transperce la cheville, il s'élance vers le fût, le renverse, expédiant braises et charbon sur le sol boueux de la ferme. Il voit au milieu du brasier ce qu'il craignait d'y trouver. Il attrape son blouson d'aviateur fumant.

Tombant à genoux, il frappe le cuir à moitié calciné et fouille frénétiquement les poches.

– Le droit ? crie Erik. Ce n'est pas une question de droit, mais de bon sens. Des soldats arrivent. Je l'ai entendu dire au village aujourd'hui. Ils ont déjà écumé les autres îles, plus au sud, ils pourchassent les types comme vous.

David l'entend mais l'ignore, de la même façon qu'il ignore les brûlures qu'il s'inflige en continuant de retourner les multiples poches de sa veste comme si sa vie en dépendait.

Pour finir, il trouve ce qu'il cherchait si désespérément, abandonne le blouson à terre et se laisse tomber sur les fesses, muet.

La vie avait quelque chose d'irréel ici, pareille à un rêve, dans ce petit refuge bucolique, éloigné de la guerre. Mais Erik avait raison en fin de compte. La guerre est venue le débusquer, au seuil même de son abri insulaire.

Des soldats arrivent.

– Et s'ils viennent, il ne doit rester aucune trace, continue Erik. Aucune trace de vous.

Il remet le bidon métallique debout et à l'aide de son bâton renfourne tout ce qui se trouvait au sol.

Tirant une boîte d'allumettes de sa poche, il relance le feu. Cette fois, David ne fait rien pour l'arrêter.

Il reste assis par terre, il serre étroitement quelque chose contre sa poitrine.

Il tremble.

– Qu'est-ce que vous avez, là ? demande rudement Erik. Tout ce qui vous appartient doit être brûlé.

David ne répond pas.

– Vous m'entendez ? crie Erik. Tout !

Il s'approche afin de s'emparer de ce que David tient dans ses mains, mais celui-ci s'écarte puis se défend, et la lutte tourne au corps à corps.

– Non ! hurle Rebecka. Arrêtez !

Benjamin reste les bras ballants, hésitant. Skilla aboie.

– Non ! crie à nouveau Rebecka.

Les hommes ne l'écoutent pas, d'ailleurs le combat cesse bientôt. Erik est plus costaud que David, qui de surcroît est blessé.

Erik se remet debout, l'air sombre, prêt à jeter dans les flammes l'objet dont il vient de s'emparer. Il suspend soudain son geste.

Il regarde l'objet.

C'est un portefeuille, un simple portefeuille qui se plie en deux.

Erik l'ouvre, le contemple un long moment, et lentement le referme.

Il le tient en l'air un moment, le bras tendu, comme s'il réfléchissait, puis il finit par le balancer aux pieds de David, avant de s'éloigner en direction de la maison.

Rebecka s'approche. Elle voit ce que son mari vient de voir.

Le portefeuille s'est ouvert dans sa chute ; à l'intérieur, il y a une photographie.

Elle s'agenouille à côté de David. Celui-ci ramasse le portefeuille et lui montre la photo.

C'est un portrait, le portrait de trois personnes. On y reconnaît David, en uniforme. Il enlace une jolie femme, son épouse. Debout devant eux, la tête inclinée, le visage souriant, c'est leur fille.

Rebecka s'empare de la photo, David la laisse faire.

– Comment s'appelle-t-elle ? demande-t-elle doucement.

– Ma fille ?

Rebecka confirme d'un signe de tête.

– Merle. Elle s'appelle Merle.

10

Ce soir-là, David monte se coucher tôt.

Il a bu l'infusion de Rebecka en quantité, comme on boit de l'eau, on dirait vraiment que le breuvage produit des miracles sur sa cheville ; ça lui donne aussi grande envie de dormir.

Il s'apprête à se mettre au lit quand on frappe à la porte.

– Oui ?

Rebecka entre, Benjamin sur ses talons.

La mère et le fils affichent une expression empreinte de gravité.

Pendant que David grimpe dans le lit, chacun se plante à un coin du pied. Rebecka se tord nerveusement les mains.

– Benjamin, fait-elle. Raconte à David ce que tu as entendu.

Benjamin hoche la tête.

– Je suis allé au village aujourd'hui, à l'auberge, et là j'ai causé avec un pêcheur du nom de Stefan. Stefan était à Skarpness hier. Il a entendu dire des choses sur le port là-bas.

Il s'interrompt.

– Continue, l'encourage Rebecka.

Mais Benjamin rechigne, on dirait que ce qu'il a à dire est risqué, l'effraie. Peut-être à juste titre.

Rebecka vient à son secours.

– Nous ne participons peut-être pas à cette guerre, David, mais certains parmi notre peuple n'apprécient pas de se voir dicter leur conduite par des soldats étrangers. Il existe un mouvement de résistance. Ils ont pris contact avec les vôtres. Apparemment, ils savent que vous êtes quelque part dans les environs. Ils sont venus vous chercher, et ils ont fait passer le mot que si vous êtes en mesure de vous déplacer, il faut que vous vous présentiez à la taverne de Skarpness, sur les quais.

David reste sans voix.

Petter est parvenu à rentrer.

Sans qu'il sache pourquoi, cette information à elle seule, cette nouvelle extraordinaire suffit à le faire fondre en larmes. Il enfouit son visage dans ses mains, et Rebecka fait signe à Benjamin de s'éclipser. Lorsque David relève la tête, ils sont seuls, son hôtesse et lui.

– Mais que puis-je faire ? Comment me rendre là-bas ?

– Vous prendrez notre canot à rames. Demain soir. Ce serait trop dangereux en plein jour, mais la lune sera pleine demain. La nuit sera claire, et vous verrez les lumières de Skarpness qui vous guideront.

« Vous irez à la taverne sur les quais. Vous demanderez un certain Lindberg. Il travaille là-bas. Je le connais. Même si j'ignorais qu'il participait à la résistance. »

– Mais votre bateau… ? Erik… ?

– Erik a dit que vous pouviez prendre le canot.

11

Le jour suivant arrive très vite et, néanmoins, semble durer des siècles.

Toutes les dix minutes, David se surprend à vérifier la position du soleil dans le ciel, guettant le crépuscule, mais à cette latitude septentrionale il faut attendre neuf heures pour que l'astre diurne finisse par disparaître derrière la colline située à l'ouest de l'île.

Toute la journée aussi, Rebecka s'agite : elle lui prépare des provisions pour son court voyage, lui bande étroitement la cheville, puis défait son ouvrage pour le recommencer de manière différente. Elle lui fait boire quantité de tisane, lui enjoint d'épargner sa cheville en ne faisant pas porter son poids sur sa jambe à moins d'y être obligé.

Benjamin traîne dans le jardin avec Skilla, sans trop approcher de la maison mais incapable de s'en éloigner.

Erik n'est nulle part en vue.

⁂

Enfin, à dix heures du soir, alors que, assis dans la cuisine, David reçoit les dernières instructions de Rebecka, Erik rentre à la maison.

– Eh bien, fait-il.

Il s'exprime d'une voix neutre, son expression est indéchiffrable. Il regarde David.

– Il est l'heure. Tout est prêt.

David se lève et tressaille, mais à vrai dire il peut marcher maintenant.

Il se fait un silence, tandis que les deux hommes se considèrent mutuellement.

Rebecka glisse un paquet de nourriture dans un sac à dos qu'elle tend ensuite à David.

Il s'apprête à la remercier lorsque Benjamin déboule dans la cuisine.

– V'là des soldats ! Ils sont là ! Au village !

Il ouvre des yeux exorbités, sa panique est contagieuse.

– Au village ? Tu en es sûr ?

– Gregor les a vus, il est venu nous prévenir à vélo. Ils viennent par ici !

– Vous devez partir ! s'exclame Rebecka. Vite, vite !

Désormais, l'heure n'est plus aux adieux. David enlace brièvement Rebecka, ensuite Benjamin qui se tient sur le seuil. Après quoi Erik part d'un pas rapide dans la nuit baignée de lune, David clopinant à ses côtés.

⁂

Ils empruntent un petit sentier qui grimpe sur une colline avant de redescendre à travers une zone boisée, jusqu'à un champ en jachère.

Au bout du champ, David entend déjà le grondement de la mer. Là débute un chemin étroit qui conduit à une jetée délabrée.

Ils se pressent, mais David a du mal à suivre. Non seulement sa cheville le fait souffrir, mais il ne s'est livré à aucun exercice physique depuis plusieurs semaines.

Soudain, des cris retentissent dans le chemin derrière eux. Un faisceau de lampe torche déchire la nuit.

– Ils sont là, murmure Erik. Vite, on va se dissimuler dans le hangar à bateaux.

Ils parcourent presque accroupis les derniers mètres et franchissent l'embrasure basse du hangar qui abrite le canot d'Erik au mouillage. L'embarcation danse sur les flots, prête à larguer les amarres.

– On sera en sûreté ici, souffle Erik. Jusqu'à ce qu'ils soient partis. Ils ne penseront pas à regarder ici. Espérons.

David hoche la tête dans l'obscurité, il souffre de nouveau.

– D'accord, dit-il. D'accord.

Ils attendent, et les voix qu'ils ont entendues ne tardent pas à s'éteindre. Ils attendent encore un peu.

Erik désigne le clair de lune qui scintille sur l'eau.

– La lune est dégagée, dit-il. Vous ne devriez pas avoir de problème pour suivre votre cap. Quand cette lune est passée, on récolte le blé, au premier jour de temps sec. Je crois qu'on va moissonner demain.

David acquiesce.

– J'aurais aimé être là pour vous aider.

Il est sincère. Ç'aurait été un maigre remerciement en contrepartie de ce qu'ils ont fait pour lui.

– Je crois qu'il est temps pour vous d'y aller, dit Erik.

Il aide David à monter dans le canot.

Soudain, ils entendent à nouveau les voix. Pas loin. Tout près.

Erik jure entre ses dents.

– Allez-y, chuchote-t-il.

– Je leur offre une cible rêvée s'ils me voient, chuchote David en retour.

Erik ne dit rien. Quand il parle à nouveau, ses paroles semblent stupidement incongrues.

– Votre fille, dit-il. Votre fille, quel âge a-t-elle ?

David scrute désespérément le rivage au-delà du hangar. À tout instant, il s'attend à voir apparaître des silhouettes de soldats se découpant sur le ciel étoilé. Les voix ne cessent d'approcher.

– Douze ans.

Eric paraît approuver.

– C'est ce que je pensais, dit-il. Je l'aurais deviné. Je le savais… Exactement comme notre Sarah.

Il pousse la proue du bateau, en silence, avec vigueur pourtant, et dans le même mouvement, il se penche en avant et jette quelque chose de lourd sur les genoux de David.

– En cas de pépin, murmure-t-il.

Les voix retentissent maintenant derrière l'abri. Si les soldats font le tour, ils verront David et tout sera terminé.

Erik se relève et, faisant volontairement du bruit, part en courant le long du rivage, dans la direction opposée à celle de David et du canot, puis il se met à appeler.

David s'empare des avirons et commence à ramer, aussi puissamment mais aussi silencieusement qu'il le peut. Il parvient très vite en pleine mer, il est en sûreté. Il lâche les rames et examine l'objet qu'Erik lui a lancé.

C'est son pistolet.

La lune éclaire à plein le rivage. Il distingue vaguement la silhouette d'Erik, une ombre qui court. Les soldats sont derrière, ils courent aussi.

Une lumière électrique balaie la nuit, localise Erik.

On entend un bref crépitement de balles crachées par un fusil-mitrailleur.

L'arme se tait.

David sait que Erik ne moissonnera pas demain.

12

Merle, la fille de David Thompson, a son histoire préférée, qu'elle n'oubliera jamais en grandissant, l'histoire d'un homme appelé Erik, qu'elle n'a jamais rencontré mais qui a sauvé la vie de son père et ainsi le lui a rendu. On ne lui raconte pas ce qui est réellement arrivé à Erik ; c'est un secret que David et Esmé, son épouse, gardent pour eux. Le savoir ne ferait qu'attrister l'enfant, pensent-ils, et de toute façon, à mesure que s'écoulent les premières années, ils restent largement reconnaissants pour trois.

⁂

Esmé meurt à l'âge de soixante-trois ans. Merle elle-même décède avant son père, à soixante-dix ans.

David Thompson, pour sa part, vit plus d'un siècle, cent un ans.

Il mène une existence heureuse, il reste en bonne forme physique et mentale jusqu'à la fin, à croire qu'il a bu un jour quelque élixir de vie.

À vrai dire, la seule chose qui le fasse parfois souffrir, c'est ce rhumatisme à sa fichue cheville.

En fin de compte, c'est une pneumonie, brève mais fatale, qui l'emporte.

Jusqu'au matin de sa mort, néanmoins, en prenant son petit déjeuner il continue de lire les journaux, de la première à la dernière ligne. Ce matin-là précisément, il apprend par la presse la stupéfiante découverte d'une sépulture viking sur une petite île dans le Nord.

S'il s'est toujours intéressé à l'archéologie, c'est autre chose dans l'article qui lui chatouille la mémoire.

Cela a un rapport avec l'île en question, mais il ne parvient pas à se souvenir exactement en quoi.

Il conclut qu'il s'est peut-être trouvé là-bas, un jour, voilà une éternité.

Quatrième partie

LE PEINTRE

Septembre 1902 - La Lune Fruitière

1

Le plus beau cadeau que reçut la fillette pour l'anniversaire de ses sept ans ne fut pas le corsage blanc tout neuf ni le lièvre en bois sculpté, quoiqu'elle aimât beaucoup ces deux présents.

Son plus beau cadeau ne fut pas un objet mais une permission.

Mère et fille se faisaient face dans leur petite cuisine.

L'enfant inclina la tête de côté.

– Merle, c'est l'anniversaire de tes sept ans aujourd'hui, et voilà sept ans, lorsque tu naquis une nuit de pleine lune, la Lune Fruitière, je ne pensais pas que tu serais si précoce. C'est pourtant le cas.

Merle hocha gravement la tête.

– Donc, tu as grandi, donc j'estime que tu es prête, maintenant, à venir avec moi.

Merle poussa un petit cri et sauta de joie.

– Vraiment ? s'exclama-t-elle.

– Oui, à moins que je n'aie pris une mauvaise décision et que tu ne sois pas encore suffisamment raisonnable pour m'accompagner ?

Merle se fit raide comme un piquet et afficha une expression des plus sérieuses.

– Si, mère.

– Très bien. Alors demain nous irons ensemble dans l'île ouest.

⁂

Merle dormit avec son nouveau corsage plié sous la tête, en remplacement de son oreiller. Dans sa main, elle tenait le lièvre sculpté ; la figurine en bois représentait l'animal en pleine course, et les doigts menus de l'enfant serraient étroitement les longues oreilles douces presque couchées sur le dos musculeux.

Or, ce ne fut pas de lièvres que rêva la fillette. Ce fut de dragons.

2

– Pourquoi personne n'habite ici ?

Merle avait toujours mille questions à poser. La maisonnette où elle logeait avec sa mère se dressait sur la colline pentue qui constituait le centre de l'île de Blest, précisément sur le chemin qui conduisait à la moitié ouest.

Leur logis était le dernier à droite avant le sommet, ce qui permettait à Bridget, la mère de Merle, d'aller et venir dans la partie ouest sans être vue de quiconque.

C'était une bonne chose car, bien que les habitants de l'île fussent nombreux à recourir à ses talents et à ses filtres, certains désapprouvaient ses pratiques. Par le passé, elle le savait, son art avait été considéré comme normal, bienvenu, utile, mais il semblait que cette époque fût révolue.

Le monde moderne avait fait irruption avec le nouveau siècle, Bridget lisait parfois des choses à ce propos, la science entraînait des progrès stupéfiants : des vaisseaux plus légers que l'air, des appareils photo moins encombrants, les transmissions sans fil...

Elle n'avait rien contre ces nouveautés, seulement elle ne voyait pas pourquoi le savoir ancestral qu'elle tenait de sa mère devait être balayé par les nouvelles techniques. Cela dit, le problème n'était pas récent puisque Bridget elle-même, déjà, ne connaissait plus complètement les propriétés de la fleur dragon qui, préparée d'une certaine façon, pouvait soigner, préparée d'une autre, pouvait tuer. Elle avait appris à utiliser certaines vertus de la fleur, mais plus personne n'en connaissait véritablement tous les usages, tous les pouvoirs, tous les dangers.

– Je n'ai pas dit que personne ne vivait ici, répondit-elle à Merle.

– Mais personne ne passe jamais devant chez nous alors que nous habitons au bout du chemin.

Bridget sourit. Que sa petite avait l'esprit éveillé.

– Autrefois, il y avait davantage de gens qui vivaient du côté ouest. Ils sont partis. J'en ignore la cause, mais je suis contente. Seule la nature s'épanouit ici désormais. Elle seule. Enfin, presque.

Merle n'entendit pas ces derniers mots car, parvenue au sommet de la colline, elle dévalait en courant la longue pente de l'autre côté, les bras grands ouverts comme pour étreindre la lumière déclinante de septembre.

– Attends-moi en bas ! lui cria sa mère. Rappelle-toi ! Il y a des dragons ici !

Merle hurla de ravissement.

3

Elles avancèrent sur la lande de la moitié ouest, constituée de cailloux, de broussailles, de bruyères, et ponctuée de trous marécageux où le terrain soudain spongieux cédait sous le pied dans un bruit de succion.

– As-tu déjà repéré les dragons ? demanda Bridget à sa fille.

Merle répondit par la négative puis promena sur les environs un regard attentif.

– Ça y est ! s'exclama-t-elle. Là ! C'en est bien un ? Oui ! Et puis ici ! Et puis là !

Brusquement, elle voyait les fleurs partout.

– Lesquelles coupons-nous ? s'enquit-elle.

– Autant que nous pouvons, répondit Bridget en posant à terre deux paniers en osier qui avaient beaucoup servi. Leur floraison ne va plus durer longtemps, nous pourrons en faire sécher quelques-unes et faire bouillir le reste. Tiens…

Elle sortit de sa poche un canif qu'elle tendit à Merle.

– Ce n'est pas un jouet, Merle. Il est très aiguisé. Coupe toujours vers l'extérieur pour ne pas risquer de te blesser. Laisse-moi te montrer d'abord.

Merle prit le canif et le tint très prudemment.

Elle s'agenouilla près de sa mère qui, armée de son propre couteau, tranchait une tige d'orchidée presque à ras du sol.

– Voilà, tu vois ? Comme ça. Le geste vers l'extérieur, jamais vers toi. Essaie maintenant.

Merle imita parfaitement le geste, sa mère sourit.

– Très bien. Mais tu peux prendre un peu plus long de tige. On fait de nombreuses préparations à partir des tiges. Avec les racines, aussi, mais c'est encore autre chose, un autre domaine, je n'aime pas travailler les racines.

– Pourquoi, maman ? C'est du poison ?

Bridget réfléchit.

– Oui, finit-elle par dire. D'une certaine façon.

Merle fit signe qu'elle avait bien écouté et entendu.

⁂

Elles cueillirent des fleurs durant une heure environ, puis Bridget se redressa, étira son dos.

– Je suis ankylosée, dit-elle. Aïe.

– Pauvre maman, dit Merle puis, copiant sa mère, elle cambra le dos et soupira profondément. Et pauvre Merle. Aïe.

Elles repartirent en empruntant un chemin différent.

– Je préfère toujours les promenades circulaires, expliqua Bridget à sa fille. Pas toi ?

Merle n'avait encore jamais réfléchi à la question.

– Je ne sais pas. Je crois que j'aime aussi faire le même trajet à l'aller et au retour.

Comme elles retrouvaient leur point de départ, Merle s'immobilisa brusquement.

– Tu as dit que personne ne vivait ici...

– Non, tu ne m'as pas écoutée. J'ai dit *presque* personne ne vit ici.

– Alors, qui habite là-bas ? interrogea Merle en désignant le grand bâtiment qu'elle distinguait à travers les arbres.

L'édifice évoquait davantage une église qu'une maison d'habitation : un seul niveau très élevé, un toit massif et très pentu, flanqué sur son pignon d'une espèce de tourelle qui constituait une entrée imposante.

Merle ouvrait des yeux stupéfaits.

– Qui habite là-bas, maman ? répéta-t-elle.

– Un dragon, répondit Bridget. Ne t'en approche jamais, parce qu'il mange des petites filles pour son déjeuner.

Merle émit un couinement et elles partirent en courant. Ce ne fut qu'à mi-hauteur de la colline qu'elles se sentirent trop fatiguées pour continuer à galoper.

⁂

Au moment du coucher, Bridget borda Merle dans son lit, mais la petite avait encore des questions à poser.

– Maman ? Je ne pense pas que ça puisse vraiment être un dragon qui habite cette grande maison. Alors, qui est-ce ?

Bridget sourit.

– C'est presque un dragon. Il s'agit d'un vieil homme, et il n'est pas très aimable. Je ne veux pas que tu t'aventures par là, d'accord ?

Merle hocha la tête.

– Mais qui est-ce ?

– Un vieil homme. Rien d'autre. Il est peintre, du moins il l'était. C'est ce qui se dit. Et il est très riche. Autrefois, c'était le peintre le plus célèbre du pays, mais il est arrivé quelque chose, et on dit qu'il n'a plus peint aucun tableau depuis des années. Il s'est installé ici, il a fait construire cette grande bâtisse, une espèce d'église pour lui tout seul. Je le répète, je ne veux pas que tu ailles là-bas. Maintenant, tu vas bien dormir et rêver de ton lièvre.

Merle acquiesça.

Elle ferma les yeux et referma étroitement les doigts sur son lièvre sculpté, mais elle savait déjà qu'elle irait jusqu'à la maison du peintre, seulement pour jeter un coup d'œil.

4

Dès le lendemain, Merle saisit la première occasion.

Bridget s'affairait dans la cuisine, occupée à traiter les fleurs qu'elles avaient cueillies la veille.

– Je ne crois pas que tu sois assez grande pour m'aider dans cette partie-là du travail, avait-elle dit.

Merle avait fait de son mieux pour paraître triste et déçue, secrètement elle était ravie.

– Ne t'inquiète pas. Je vais aller au village et trouver quelqu'un avec qui jouer.

Bridget acquiesça distraitement. Elle avait de nombreuses préparations à effectuer — elles avaient ramassé plus de fleurs qu'elle n'avait cru, et il fallait dès aujourd'hui travailler les têtes avant que leurs propriétés ne s'amoindrissent. Ensuite, il lui faudrait fendre et suspendre toutes les tiges — les piler pouvait attendre un jour supplémentaire.

– Sois revenue pour le repas, dit Bridget.

– C'est quand ?

– Quand ton ventre gargouille.

Merle sortit de la maison, descendit la colline puis se glissa dans le jardin d'un voisin, longea à croupetons le carré de légumes sur lequel donnait une fenêtre. Deux minutes plus tard, elle retrouvait en amont le sentier qui menait vers la partie ouest.

– Je vais voir un dragon, je vais voir un dragon, chantonnait-elle en cheminant.

Au pied du flanc ouest de la colline, elle hésita quant à la direction à prendre mais elle se souvint qu'avec sa mère elles n'étaient pas revenues par le même chemin, elles avaient fait une boucle.

Elle partit donc sur sa gauche. Au bout de quelques minutes, elle retrouvait la demeure mystérieuse.

Elle s'immobilisa. L'oreille tendue, elle guettait les bruits du dragon. Peut-être dormait-il. Ronflait-il. Ou dévorait-il des petits enfants ; croquant les os. Cette pensée la fit frémir.

Elle était en train de se demander si les dragons ne mangeaient que des filles et jamais de garçons, quand ils avaient le choix, lorsqu'elle aperçut le verger.

Celui-ci s'étirait, magnifique, sur le côté de la maison. Il comptait plusieurs pommiers et quelques poiriers. L'herbe y était très haute, par endroits elle atteignait presque les branches les plus basses. Ici et là, d'énormes boules de gui, cette plante parasite, se cramponnaient à la ramure.

Les fruits étaient lourds, mûrs, épanouis. Merle demeura bouche bée — elle n'avait encore jamais vu des arbres fruitiers aussi généreux. Le poids des chapelets de pommes faisait ployer les branches.

Alors que son ventre ne gargouillait pas encore, la fillette estima que ce serait une bonne idée de croquer une pomme, ainsi elle pourrait rester dehors un peu plus longtemps.

Elle examina la maison.

Il n'y avait aucune fenêtre ouvrant directement sur le verger. En revanche, une galerie courait le long de la façade, à environ un mètre du sol, et des fenêtres étaient percées dans cette galerie. Mais Merle ne pouvait rien voir à l'intérieur de la maison proprement dite, pas plus qu'elle ne percevait le moindre bruit.

Aussi discrètement que possible, elle emprunta le sentier qui menait à la demeure, là elle s'immobilisa de nouveau.

Toujours rien.

Elle quitta le sentier et contourna l'angle de la maison, franchissant un portail à moitié dégondé, si vieux et branlant qu'il demeurait ainsi, ouvert en permanence. Cela plut à Merle ; elle avait moins l'impression de pénétrer sur une propriété privée que si elle avait dû ouvrir une barrière.

Le sol était déjà jonché de pommes tombées sous les assauts du vent et qui pourrissaient dans les hautes herbes. Mais il y en avait beaucoup, beaucoup plus dans les arbres... Elle s'avança, la main levée, et referma les doigts sur un fruit particulièrement rouge et appétissant.

À la seconde même, on se mit à crier derrière elle.

– Hé !

Elle se retourna et vit le dragon.

Il se tenait sur la galerie qui courait également sur ce côté-là de la maison, et il agitait un petit bâton dans la direction de l'intruse.

Il était en colère, très en colère.

– Hé, toi ! Fiche le camp d'ici ! Va-t'en !

Sa voix semblait brisée à la fois par la fureur et par la vieillesse. Terrifiée, Merle prit ses jambes à son cou. Ses yeux étaient pleins de larmes.

Ce ne fut que lorsqu'elle s'arrêta à mi-hauteur de la pente qui la séparait de sa maison, qu'elle se rendit compte qu'elle tenait la pomme à la main.

Elle mordit dedans.

Le fruit était juteux, délicieux.

Au lieu-dit le Point de Vue, elle s'assit sur un caillou, face à la mer, et termina son en-cas. Le temps qu'elle arrive au trognon, ses larmes avaient séché.

À vrai dire, elle se sentait très heureuse.

Elle fit irruption dans la cuisine peu après.

– Coucou, maman, c'est bientôt l'heure de manger ?

5

Le jour suivant, Merle ne cessa de s'agiter, de tourner en rond, résistant à son envie de retourner dans le verger. Pour finir, Bridget la gourmanda.

– Qu'est-ce qui te prend aujourd'hui ? Ne reste pas dans mes jambes ! J'ai toutes ces tiges à piler, et je dois surveiller le deuxième bouillon du premier lot de fleurs. Va donc te promener !

Merle prit cela pour un signe, sinon un ordre en bonne et due forme de retourner au verger.

Elle resta plantée un long moment au bout de l'allée étroite, elle attendit.

N'entendant aucun bruit, ne voyant âme qui vive, elle quitta le chemin et tourna le coin de la maison en direction du portail du verger.

Elle attendit de nouveau.

C'est tellement dommage, pensait-elle.

Tellement dommage toutes ces pommes et toutes ces poires qui allaient se perdre, sans personne pour les ramasser, qui allaient se gâter dans les hautes herbes, avec seulement les vers et les chenilles pour s'en régaler.

Afin de ne pas risquer d'être aperçue depuis la maison, elle se mit à quatre pattes et partit ainsi à travers le verger, s'imaginant qu'elle était un animal, son lièvre peut-être. Les lièvres, elle s'en souvenait, se déplaçaient toujours en silence, on les voyait rarement.

Elle s'assit dans les hautes herbes, trouva une pomme tombée à laquelle les asticots ne s'étaient pas encore attaqués et, tout en croquant la chair craquante et sucrée, se mit à penser au dragon.

Ce n'était pas un dragon en réalité, elle le savait. C'était seulement un vieillard. Sa mère lui avait expliqué que certaines vieilles personnes au village avaient du mal à accomplir leurs tâches quotidiennes. Ou que parfois elles devenaient dures d'oreille, et que cela pouvait leur donner l'air brutal et méchant, alors qu'elles ne l'étaient pas.

L'idée vint soudain à Merle que si le vieil homme ne récoltait pas ses pommes, c'était peut-être qu'il était dans l'impossibilité de le faire.

Elle ne l'avait aperçu que brièvement mais, effectivement, il paraissait vieux, il avait les épaules voûtées.

Cela parut fort triste à Merle, et elle songea qu'il aimerait sûrement avoir une pomme, si seulement il pouvait la ramasser.

Elle parcourut le verger.

Elle choisit deux pommes.

Elle courut le plus vite possible jusqu'au seuil de la porte d'entrée, y déposa une pomme, puis elle repartit en courant, cette fois en direction de chez elle, gardant la deuxième pomme pour la manger sur son caillou au sommet de la colline.

6

Quand Merle revint le lendemain, elle fut satisfaite.

La pomme sur la marche avait disparu, elle avait donc eu raison. Finalement, le vieux dragon en voulait, de ses pommes.

⁂

Elle se glissa une nouvelle fois dans le verger, non sans avoir vérifié que le maître des lieux n'était pas dans les parages.

Cette fois, elle cueillit quatre pommes, pour en laisser deux sur le seuil.

Elle croqua une pomme au sommet de la colline, l'autre elle la cacha dans sa chambre, au cas où elle aurait un petit creux dans la nuit.

Une fois au lit, elle embrassa son lièvre sur le nez et sombra dans le sommeil.

Elle rêva qu'elle volait sur le dos d'un dragon, au-dessus de l'île, au-dessus de sa maison. En regardant son chez-elle, elle apercevait sa mère dans le jardin, Bridget qui levait les yeux vers le ciel, lui faisait signe et souriait.

7

Le lendemain, elle attendit l'après-midi et alla cueillir six pommes.

Elle en déposa trois sur le seuil et emporta les autres : une qu'elle mangea sur son caillou, deux qu'elle introduisit en cachette dans sa chambre.

⁂

Le soir au souper, sa mère semblait très lasse. Elle avait travaillé sans relâche trois jours durant pour traiter les fleurs et les tiges.

Merle avait grande envie de lui donner une de ses pommes. Elle se sentait chaque fois tellement mieux après en avoir croqué une mais, si elle le faisait, il lui faudrait expliquer d'où venait le fruit, alors elle s'abstint.

– Merle, dit Bridget, tu ne t'es pas rendue dans la partie ouest sans moi, n'est-ce pas ? Tu n'es pas allée à la maison du vieil homme ?

Merle secoua la tête.

– Tu ne le feras jamais, d'accord ? Cela peut paraître tentant, mais tu ne dois pas le faire. Tu comprends ?

– Oui, maman, souffla Merle.

Elle était malheureuse de mentir mais elle se promit de se confesser à son lièvre le soir même, alors tout irait mieux.

⁂

Le jour suivant, elle retourna dans la moitié ouest. À peine s'était-elle engagée dans la petite allée qu'elle se rendit compte que les trois pommes déposées la veille étaient toujours là.

– Ça ne va pas, dit-elle.

Elle marcha jusqu'à la maison. Pour quelque raison inconnue, elle n'éprouvait aucune crainte.

Les trois pommes de la veille se trouvaient bien à l'endroit où elle les avait laissées.

Ça n'allait décidément pas.

Elle s'approcha de la porte d'entrée, silhouette minuscule contre le battant gigantesque, et, tendant sa menotte, elle frappa.

Ses coups ne produisirent quasiment aucun bruit, alors elle recommença, aussi fort qu'elle le pouvait.

Cette fois, elle n'en doutait pas, le vieil homme l'avait forcément entendue, aussi elle attendit, et attendit qu'il se passe quelque chose... Rien ne se produisit.

Elle tenta d'ouvrir, elle parvenait tout juste à attraper la poignée, mais visiblement la porte était verrouillée.

– C'est bizarre, dit-elle.

Elle regarda sur sa gauche.

La galerie courait autour du bâtiment, peut-être existait-il un autre moyen d'entrer.

Elle tourna au coin, posa la main sur le bois de la balustrade où la peinture bleu pâle s'écaillait, respira la bonne odeur du bois chauffé au soleil... Au prix de peu d'effort, elle se retrouva en surplomb du verger, et là, devant elle, il y avait... une porte.

Une porte ouverte, et Merle sut qu'il lui fallait pénétrer dans le repaire du dragon.

Timidement, semblable à un lièvre, elle glissa la tête dans l'entrebâillement.

Elle mit un moment pour habituer ses yeux à l'obscurité et distinguer quelque chose.

Il faisait si sombre à l'intérieur, il y avait si peu d'ouvertures.

C'était un espace gigantesque, plutôt une salle qu'une pièce, pareille à l'intérieur d'une église. D'abord, elle ne vit rien, mais bientôt elle entendit un bruit faible quelque part dans l'ombre.

Et puis elle le vit.

– Oh ! s'écria-t-elle.

Il était couché au sol, sur le flanc.

À son cri perçant, il ouvrit les yeux.

Merle lui trouva l'air hagard.

– Oh, répéta-t-elle. Vous allez bien ? Pourquoi êtes-vous allongé par terre ? Vous ne pouvez pas vous lever ?

À présent, le regard du vieil homme était rivé sur elle.

Il ouvrit la bouche, mais aucun son ne franchit ses lèvres.

Alors il se contenta de remuer la tête pour dire non.

– Attendez un peu ! fit Merle. Je vais chercher maman !

Elle courut, vite, vite, sur toute la montée de la colline, et ne s'arrêta pas avant d'avoir franchi en trombe la porte de la cuisine.

– Maman ! C'est l'homme dragon ! Il est malade !

8

Bridget estima que le vieil homme ne souffrait de rien de grave, il était seulement tombé et n'avait pu se relever.

Elle envoya Merle chercher une de ses décoctions à la maison. En l'absence de la fillette, elle releva le vieillard et l'installa sur un sofa qui se trouvait dans un coin de la grande salle.

Elle regarda autour d'elle.

– Avez-vous une cuisine ? demanda-t-elle.

Il était impossible de deviner où pouvait se situer pareil endroit, les lieux ne ressemblant à rien qui s'apparentât à un foyer ordinaire.

D'un mouvement de tête, le vieil homme désigna une direction, elle la suivit.

La cuisine était petite et rudimentaire. Ouvrant les placards, Bridget les trouva quasiment vides. Un peu de farine, quelques biscuits. Du lait tourné.

Il y avait deux pommes près de l'évier.

Merle déboula bientôt, donna le remède à sa mère puis alla s'asseoir près du vieil homme tandis que Bridget faisait réchauffer la décoction.

– Buvez cela, ordonna-t-elle un peu plus tard. J'y ai ajouté de l'eau froide pour que ce ne soit pas trop chaud.

Toujours sans prononcer un mot, le vieil homme prit le bol et but ; il avala le contenu d'un trait.

Il rendit le bol, ferma brièvement les yeux, puis releva la tête et tendit la main à Bridget.

– Eric Carlsson, dit-il. Merci.

Bridget connaissait son nom.

– Maman ? interrogea Merle. Qu'est-ce que c'est ?

Bridget se retourna pour découvrir la fillette debout, les yeux braqués sur le fond de la salle, et elle le vit à son tour.

Le tableau.

Un tableau immense.

Comme aimantée, bouche bée, Bridget sentit ses pas la porter vers la toile sans que sa volonté y prît part. Elle n'avait jamais rien vu de pareil, rien d'aussi mystérieux, d'aussi attirant, d'aussi terrifiant.

Merle la rejoignit en trottant et resta à sa hauteur, fixant elle aussi la peinture.

Un chevalet se dressait à proximité, supportant un croquis. Sur plusieurs tables étaient éparpillés de vieux tubes de couleurs, des palettes, des couteaux, des brosses, de l'essence de térébenthine. Le tableau n'était pas loin d'être terminé mais même l'œil non expert de Bridget décelait quelques zones inachevées.

Il s'agissait d'un travail en cours, et entrepris depuis déjà très, très longtemps.

– Qu'est-ce que c'est, maman ? insista Merle.

Bridget ne répondit pas.

Comment expliquer ce qu'elle voyait à une enfant si jeune ?

Elle se remémora ce qu'elle savait d'Eric Carlsson. Il avait été le peintre le plus célèbre du siècle passé. Né dans un quartier pauvre de la grande ville, il avait commencé sa carrière dans cette même ville où il gagnait sa vie en croquant des passants saisis sur le vif ou des scènes de rue, jusqu'à ce qu'un riche mécène repère son talent et l'envoie à ses frais étudier à l'école des beaux-arts. Carlsson s'était alors fait un nom en peignant des portraits qui, disait-on, paraissaient plus vivants que leurs modèles.

Sa réputation allait croissant, mais il commença à vraiment s'enrichir lorsqu'il entama une série d'œuvres sur la vie domestique. Il s'était installé avec épouse et enfants à la campagne, où il peignait de charmantes et humbles scènes de la vie quotidienne traditionnelle : bal d'été, veillée chantante près du piano, fabrication du beurre à la baratte, célébrations de Noël.

Ses peintures furent reproduites, vendues, et il devint fort, fort riche.

Bridget se souvenait de ces tableaux champêtres, à vrai dire elle pensait même avoir vu une reproduction accrochée dans la maison de son enfance, mais l'objet quelle regardait à présent venait d'ailleurs, d'une autre époque, d'un autre monde, et même d'une autre dimension.

⁂

Pour commencer, le tableau était gigantesque. La plupart des personnages — elle en dénombra plus de trente avant de perdre le compte — étaient plus grands que nature.

L'œuvre représentait une sorte de rituel, quelque scène terrible. De plus près, elle comprit que la peinture évoquait en fait le moment *précédant de peu* l'acte horrible.

En fond de décor, se dressait une bâtisse qu'elle reconnaissait pour être celle dans laquelle elle se trouvait. Plusieurs silhouettes se pressaient sur les galeries, assistant à la scène qui se déroulait en contrebas.

Il y avait bien une vingtaine d'autres personnages au premier plan.

À gauche, dansait un groupe de femmes en vêtements traditionnels, les doigts entrelacés au-dessus de leurs têtes. L'orchestre qui les accompagnait était constitué de cinq musiciens dont les costumes évoquaient des prêtres de quelque culte obscur. Deux soufflaient dans de longs cors courbes tels que Bridget n'en avait jamais vu, les trois autres soufflaient dans de longs cors droits, dirigeant vers le ciel des sons que l'on supposait sombrement primitifs.

Devant les musiciens, deux autres personnages, des hommes habillés de fourrure et de cuir, se démenaient dans des contorsions pénibles à voir, les yeux exorbités, comme si leur danse tenait de la folie et de la souffrance.

Derrière eux se dressait un arbre, un arbre étrange, au tronc très droit, couronné d'un feuillage d'un vert brillant disposé en ogive. Des choses couleur d'or pendaient parmi les feuilles luisantes, et Bridget frémit en reconnaissant dans ces objets des crânes. Des crânes dorés étincelants.

À droite se trouvaient les guerriers, une demi-douzaine ou davantage, armés de lances, vêtus d'habits de cérémonie, coiffés de casques arrogants rehaussés de figurines totémiques : un renard, un sanglier, un corbeau. Un lièvre.

Le plus perturbant résidait cependant dans le centre du tableau.

Là se tenaient les trois acteurs principaux.

Le premier était un prêtre, le grand prêtre sans doute, arborant barbe blanche et aveugle d'un œil. Il avait dans les mains un marteau cérémoniel en or.

Le deuxième était le roi. On l'identifiait assurément à sa couronne mais, curieusement, de façon choquante, il était nu. À l'instant, il venait de se défaire de son luxueux manteau de renard qui continuait de glisser de son épaule droite pour tomber à terre, tandis qu'on le transportait vers le cœur de la toile sur un traîneau étincelant, lui aussi plaqué d'or.

Enfin, il y avait le troisième personnage.

Vue de dos, tête fléchie en avant, la silhouette était entièrement vêtue de rouge. Un rouge sang.

Ce personnage en rouge portait, glissé sous son avant-bras, hors de vue pour le roi, un long couteau menaçant.

C'était le bourreau, l'exécuteur.

L'heure de son office était venue.

Les yeux révulsés, le roi cambrait la gorge vers le ciel.

Lui aussi savait que son heure était venue.

9

Bridget et Merle rentrèrent chez elles.

– Merle, lui dit sa mère, tu as été vilaine.

Merle s'attendait à la réprimande.

– Je sais.

– Tu m'as menti, c'est très laid.

Elles cessèrent de marcher, Bridget regardait sa fille.

– Je suis désolée, maman, dit celle-ci.

– Bon, allez, reprit Bridget. Nous n'en parlerons plus désormais. De toute façon, je savais que tu me mentais car j'avais trouvé des pommes dans ta chambre.

Merle s'empourpra.

– Je suis désolée, répéta-t-elle.

– Mais je veux ajouter une chose, dit Bridget. Ce que tu as fait aujourd'hui était bien, très courageux. Tu as peut-être sauvé la vie au vieil homme.

– Il s'appelle Eric Carlsson, fit Merle, brusquement revigorée. Il est peintre.

Bridget acquiesça et sourit.

– Écoute, je pense qu'il a besoin de notre aide, pour un moment. Aussi lui préparerons-nous un repas chaud quotidien, tu peux également lui ramasser quelques pommes chaque jour. Cela te plairait ?

Merle accepta avec joie, ses cheveux lui tombèrent sur les yeux.

– Mais nous nous en chargerons ensemble, et tu dois me promettre de ne pas retourner là-bas toute seule. D'accord ?

– D'accord, dit Merle.

Et elle se sentit encore plus heureuse, parce que cette fois elle savait qu'elle tiendrait parole.

10

Chaque jour, elles portaient de la nourriture à Eric et pendant que Bridget s'efforçait de rendre la cuisine fonctionnelle, Merle s'asseyait auprès du vieux peintre et parlait avec lui.

Bridget s'étonnait que la fillette et le vieillard trouvent tant de sujets de conversation, mais il en allait ainsi, tous deux bavardaient inlassablement tandis qu'elle rangeait, nettoyait et balayait la bâtisse caverneuse où Eric avait élu domicile.

Souvent, lorsqu'elle entrait dans la pièce où se tenaient le vieil homme et l'enfant, la conversation se faisait hésitante, languissante ; dès qu'elle s'éloignait, la causerie reprenait de plus belle. Elle ne leur en tenait pas rigueur. Elle était contente que sa fille ait un ami, même dix fois plus âgé qu'elle, elle était contente aussi pour le vieil homme.

Un jour, alors qu'elle balayait dans la galerie les feuilles prématurément tombées avant l'automne, elle tendit une oreille indiscrète vers l'atelier de peinture, ainsi qu'elle appelait la grande salle où trônait le tableau. Ce qui la surprit fut qu'on aurait dit qu'Eric était l'enfant et Merle l'adulte ; lui tenait des propos amusants, légers, inconséquents, la petite aussi par moments, mais surgissaient ici et là dans ce flux de fantaisie enfantine des mots inattendus d'une profonde maturité, comme si l'enfant possédait la sagesse du grand âge.

Hors de vue derrière la porte de la galerie, Bridget se plut à les imaginer. Le vieil homme maigre, ses mains au dos flétri et taché de peinture cramponnées aux accoudoirs de son grand fauteuil en cuir. À ses pieds, la petite Merle, la peau lisse et fraîche, les yeux levés vers lui comme on contemple la lune, tenait à la main un pinceau fin et usé particulièrement chéri du peintre. Eric lui exposait les rudiments de la peinture à l'huile, lui expliquait que chaque couleur possède une nature différente et doit être traitée avec respect, de la même façon que l'on doit soin et respect à un animal en cage. Et que les brosses ont le pouvoir d'apprivoiser les bêtes, et de les transposer sur la toile, afin de créer la beauté, ou la puissance.

Une chose que Bridget entendit la troubla profondément. Plus tard, elle s'en ouvrit à Merle sur le chemin du retour.

Je puis être beaucoup de personnes, avait-elle entendu Merle dire sérieusement à Eric. *Pourquoi dois-je n'en être qu'une seule ? Je suis une foule de gens et je les aime tous et tous m'aiment.*

Bridget n'avait pas entendu la réponse d'Eric ; quand elle interrogea sa fille à ce sujet, celle-ci n'afficha que perplexité.

– Je regrette, maman, je ne me souviens pas de cela. C'est *rigolo*.

Et, plissant le nez, elle pouffa de rire.

Un autre jour, Bridget fut étonnée, alors qu'elle passait de la cuisine à la grande salle, de trouver le vieil homme en train de rire aux éclats de quelque chose que venait de dire l'enfant.

Il semblait se porter mieux, d'ailleurs, au bout de quelques jours, l'amélioration de son état se confirma.

Bridget et sa fille étaient chez elles et prenaient leur souper.

Elles parlaient d'Eric quand quelques coups frappés à la porte d'entrée les interrompirent.

– C'est curieux, commenta Bridget en se levant.

En effet, personne ne se présentait jamais à la porte en façade.

Peu après, elle revint dans la cuisine accompagnée d'Eric.

– Regarde qui voilà, dit-elle. Quand on parle du Diable...

– Maman, s'offusqua Merle, c'est malpoli !

– Nenni, c'est simplement ce qu'on dit quand on parlait de quelqu'un et que cette personne arrive.

Elles s'affairèrent autour d'Eric, le firent asseoir. Il refusa de manger mais accepta en souriant une tasse d'infusion.

– Dites donc, quel changement, commenta Bridget au bout d'un moment. Vous vous êtes carrément mis sur votre trente et un !

— Maman, protesta encore Merle. *Cette fois*, c'est malpoli !

Le vieil homme répliqua par un rire.

– J'ai pensé que je devais faire un effort, dit-il.

Il portait un costume noir, élégant quoique manifestement pas de première jeunesse, ainsi qu'une chemise blanche propre. Ses chaussures étaient nettoyées et cirées.

– Alors, que nous vaut ce plaisir ? s'enquit Bridget.

– Un ami doit-il avoir une raison pour rendre visite à un autre ami ?

Merle tira sur la manche de sa mère.

– Maman, est-ce que Eric *est* notre ami ? chuchota-t-elle.

Bridget rit.

– Bien sûr, Eric est notre ami.

– Mais, à vrai dire, deux raisons m'ont poussé à venir, reprit Eric.

Il s'éclaircit la gorge et but une gorgée d'infusion.

– Premièrement, je suis venu vos remercier de m'avoir secouru.

– C'était la moindre des choses, assura Bridget. Vous n'avez pas besoin de nous remercier.

– Cependant j'y tiens. Pas seulement pour les repas, et tout ça... Peut-être devrais-je m'expliquer. Je n'ai rien peint depuis des années...

Il marqua une pause, attendant quelque réaction.

– Mais ce tableau gigantesque... ?

– J'ai travaillé à ce tableau pendant longtemps. Une année environ. Mais permettez-moi de vous exposer les circonstances. Avant d'entreprendre cette toile, je n'avais rien peint, *absolument rien*, durant plus de vingt-cinq ans.

Il fit silence un moment, peut-être, pensa Bridget, assailli de souvenirs qu'il eût préféré ne pas convoquer.

– Quand j'étais jeune, reprit-il d'une voix triste, les images ruisselaient de moi comme l'eau coule d'une source. Je ne pouvais les arrêter. Je ne parvenais pas à peindre suffisamment vite pour exprimer tout ce que j'avais en tête. Je me faisais l'effet d'un magicien qui effectue des tours extraordinaires. Les images surgissaient de nulle part, et en quelques heures, quelques jours, une chose nouvelle existait en ce monde. C'était de la magie.

« J'ai peint des portraits, des paysages, des scènes de genre, des natures mortes, tout. Puis j'ai gagné un peu d'argent avec quelques tableaux simples. Pour quelqu'un tel que moi, c'était inespéré. J'étais né dans un foyer pauvre, voyez-vous. J'avais mendié dans les rues avant de comprendre que je pouvais gagner quelques sous en faisant des dessins. Brusquement, je possédais tout.

« J'étais marié à l'époque. Mon épouse était jeune et belle, et nous avions trois filles ravissantes, presque aussi charmantes que Merle ici présente. »

À ces mots, Merle gloussa et s'assit plus droite sur sa chaise.

– J'avais tout et, durant une période, une période assez longue, nous fûmes heureux. Puis…

Il s'interrompit.

Bridget regarda Merle, brièvement, revint à Eric.

– Puis quoi ? demanda-t-elle.

– Ma femme est morte. En mettant au monde notre quatrième enfant. Peut-être était-elle trop âgée, et… enfin. Je cessai de peindre. Mais, vous savez, ce n'était pas seulement la perte de Martha qui m'empêchait de peindre. Quelque chose d'autre était mort, avec elle. Les idées ne me venaient plus, j'étais désorienté, je ne savais pas quoi peindre, mais c'était pire que cela.

« Un jour, alors qu'une ou deux années s'étaient écoulées, je me rendis compte que je n'avais plus aucun désir de peindre. Plus aucun. J'avais eu mon content. Le puits était à sec, si vous voyez ce que je veux dire. C'était là le pire. Je n'avais plus envie d'être un magicien. »

Bridget signifia qu'elle suivait mais s'étonna :

– Alors, ce tableau… ?

Eric eut un geste d'ignorance.

– Peut-être le puits s'est-il de nouveau rempli, rétorqua-t-il avec un clignement d'yeux. Peut-être. Car, voilà un an environ, j'ai commencé un dessin. En l'espace d'une demi-heure, j'avais brossé l'ébauche du tableau en son entier. Le lendemain, j'ai fabriqué le cadre en bois sur lequel tendre la toile. Le surlendemain, je me suis mis à peindre. Il m'a fallu un an pour terminer.

– Terminer ? s'exclama Merle. Vous l'avez fini ?

Eric acquiesça, un sourire aux lèvres.

Puis il partit d'un rire spontané.

Mère et fille joignirent leur rire au sien. Merle battait des mains.

– Ce qui m'amène à la seconde raison de ma visite chez vous ce soir. J'ai reçu une proposition de la part du Musée national. Ils sont très intéressés par mon nouveau tableau. Je n'afficherai pas de fausse modestie, ils sont évidemment curieux de voir ce que le grand Eric Carlsson a produit au bout de vingt-cinq ans. On envisage de suspendre la toile dans l'escalier monumental du musée, afin d'orner ce splendide volume tout en marbre. Le tableau sera la première et la dernière chose que verront les visiteurs du musée.

– Quel rapport cela a-t-il avec nous ? interrogea Bridget.

– Demain, je reçois quelques-uns de ces messieurs du musée qui viennent voir mon œuvre, expliqua Eric. Et je serais honoré de votre présence à toutes deux durant leur visite. Je vous convie parce que vous êtes mes voisines. Et mes amies.

Merle faillit exploser de joie.

– Oh, maman, tu veux bien ? Dis oui, je t'en prie !

Bridget rit et s'empara de la main de sa fille.

– L'honneur sera pour nous également, dit-elle. Mais dites, comment s'appelle le tableau ? A-t-il un titre ?

– Oui, répondit Eric. Il s'intitule *Solstice d'hiver sanglant*.

11

Dans la salle faiblement éclairée où le tableau d'Eric Carlsson dominait les silhouettes des observateurs, régna d'abord un grand silence.

Les trois messieurs du Musée national se tenaient d'un côté ; Eric, Bridget et Merle de l'autre.

Le plus âgé des visiteurs finit par toussoter avant de prendre la parole :

– Pouvez-vous nous expliquer un tant soit peu, monsieur Carlsson ?

Eric s'avança lentement de quelques pas, il s'aidait d'un bâton qui lui tenait lieu de canne.

– Il s'agit d'une scène issue de la légende, des sagas. Elle représente le sacrifice du roi Eirikr, ici même, sur l'île où nous nous trouvons, immolation destinée à apaiser les dieux et à apaiser le peuple, après trois années consécutives de disette causée par l'absence de récoltes.

« C'est un sacrifice humain parce que, après deux offrandes moindres suite aux famines antérieures, le grand prêtre avait déclaré que rien d'autre ne saurait contenter les dieux. »

L'envoyé du musée inclina la tête.

– Sacrifice, murmura-t-il. La notion n'est-elle pas... quelque peu... obsolète ? Dans notre monde moderne ?

– Obsolète ? fit Eric en écho.

Soudain, il eut le sentiment d'être très vieux. Il sentit qu'il ne comprenait plus.

– Le thème est ancien, si vous voulez, mais pas... périmé, expliqua-t-il avec une fièvre brouillonne. De surcroît, le tableau se réfère à l'île, *cette* île, dont le nom même est écrit dans le sang.

– Vraiment ? releva l'un des messieurs.

– Absolument. On croit que le nom de l'île signifie « bienheureuse » ou « bénie », et c'est le cas, mais « bénie » ou « bienheureuse » ne veut pas dire ce qu'on croit. Dans la langue ancienne, le mot était « *bletsian* », et avant « *blotsian* », et encore avant simplement « *blot* ». Ce qui signifie sacrifice. Sacrifice sanglant.

« Bénir ou rendre bienheureux, en l'occurrence signifie sacrifier, et dans le sang. »

Il se fit un silence. Un long silence.

– Bien, reprit l'aîné de la délégation. Merci de nous avoir reçus ici aujourd'hui, monsieur Carlsson.

Sur ces mots, ces messieurs prirent congé.

Merle et Bridget s'en allèrent peu après, laissant Eric seul. Bridget tenta d'expliquer à Merle que Eric était fatigué et avait besoin de repos.

Dans la salle que gagnait la pénombre, Eric contemplait son chef-d'œuvre.

Sacrifice, songeait-il. Obsolète ?

Ces jeunes blancs-becs de la ville. Simplement parce que nous sommes entrés dans le monde moderne, en avons-nous terminé avec la souffrance ? En avons-nous terminé avec l'amour, avec la mort ? En avons-nous terminé avec les guerres ? Là, il y aura des sacrifices ! Et quand des parents se tuent au travail pour nourrir leurs enfants ? Sacrifice ?

Et lorsqu'une mère meurt en couches ?

Sacrifice.

Il secoua la tête.

– Eh bien, dit-il amèrement à la salle envahie par le crépuscule, il en va ainsi.

Bridget et Merle n'eurent aucune nouvelle d'Eric durant plusieurs jours.

Puis un matin, alors qu'elles descendaient prendre leur petit déjeuner, elles trouvèrent une lettre sur le paillasson.

La lettre était adressée à Eric Carlsson et avait été ouverte mais, en retournant l'enveloppe, elles lurent leurs noms écrits au dos, suivis d'un mot bref de la main d'Eric :

Mes amies, voici leur réponse. Les imbéciles ! Fidèlement vôtre, E.

Bridget déplia la missive et lut la réponse officielle des messieurs du Musée national. Elle parcourut rapidement les préambules cérémonieux et sauta à la conclusion :

L'ensemble est aussi irréel qu'un opéra, nul ne peut croire à ce qui advient, nul ne peut ressentir une émotion face à ce qui se prépare. Solstice d'hiver sanglant *est une représentation horrifiante et scandaleuse d'une scène à la véracité historique douteuse et qui n'a pas plus de pertinence pour nous autres, hommes modernes, qu'une scène de cannibalisme au fin fond de l'Afrique.*

Tor Bearvald, Musée national

Merle sautillait à côté de sa mère.

– C'est quoi, maman ? Ça dit quoi ?

Bridget caressa les cheveux de sa fille.

– Ce sont, je le crains, de mauvaises nouvelles pour Eric.

12

Après le petit déjeuner, au cours duquel elle n'avait pas dit un mot, Bridget ordonna à Merle de monter dans sa chambre et d'y jouer avec son lièvre jusqu'à son retour à la maison.

Merle gagna l'étage, pleine des lourds pressentiments que lui suggérait sa vive imagination.

Bridget gravit la colline, redescendit sur le flanc ouest et gagna d'un pas décidé la porte latérale de l'église d'Eric.

Elle le trouva encore assis dans son fauteuil, face à son tableau.

Elle posa une main sur sa joue, doucement, puis la retira d'un geste vif. Il était froid.

Il n'y avait aucune trace de violence, d'aucun mal ou dommage extérieur ; elle comprit qu'il était mort de chagrin.

Dans sa main, elle reconnut le pinceau fin et usé qu'il avait particulièrement chéri.

※

S'approchant à nouveau du défunt, elle lui ferma les yeux, clôturant la vision ultime qu'il avait eue de son chef-d'œuvre, ce chef-d'œuvre pour lequel il avait tout donné.

Pour lequel il s'était sacrifié.

※

Des pas se firent soudain entendre et Merle déboula en courant dans la salle.

– Tu ne m'as pas fait promettre, dit-elle.

– Oh, ma chérie, viens par ici, fit Bridget.

Elles se jetèrent dans les bras l'une de l'autre, la fillette comprenant en partie ce qu'il se passait et sentant le reste.

Elles restèrent ainsi longtemps, jusqu'à ce que Bridget se ressaisisse.

– Bon, il va falloir essayer de régler certaines choses…

Mais Merle ne l'écoutait pas.

Alors Bridget regarda de plus près le pinceau dans la main d'Eric et vit ce qui lui avait échappé auparavant.

La brosse était encore humide.

– Regarde, maman, fit Merle en désignant le tableau.

Bridget regarda dans la direction que lui indiquait sa fille.

Quelque chose avait changé.

※

L'horreur grandiose du tableau demeure, mais là, au fond, est apparu un nouveau personnage. Il est debout sur la galerie, juste en aplomb du roi, penché derrière un pilier, à moitié visible seulement ; on identifie le visage, l'épaule et le bras d'une petite fille. Elle tient à la main une pomme qu'elle destine au roi, prête à la poser sur la balustrade de la galerie.

Elle regarde le roi, souriante.

On reconnaît indubitablement son visage.

C'est Merle.

Cinquième partie

LE TOMBEAU TOURMENTÉ

Octobre 1848 - La Lune Giboyeuse

1

Après le souper, les jumeaux allèrent se coucher.

Leurs parents étaient étonnés de la docilité dont ils faisaient subitement montre. Chez eux, à Leipzig, les turbulents enfants avaïent fini par ne plus leur laisser une minute de répit, soit parce qu'ils se chamaillaient, soit parce qu'ils fomentaient ensemble quelque polissonnerie.

Herr Graf était souffrant ; il avait difficilement achevé sa troisième symphonie dans les délais impartis pour sa première audition — il n'était pas question pour lui de faire attendre l'orchestre du Gewandhaus ; certes, il aurait pu jouer de sa gloire de jeune compositeur, mais il avait pleinement conscience que le succès, la renommée et l'argent pouvaient disparaître aussi subitement qu'ils lui étaient venus.

Son médecin lui avait conseillé une cure, en lui recommandant l'île de Blest, une destination quasiment inconnue située dans le Grand Nord. Le praticien avait rencontré un

Anglais qui était revenu d'un séjour là-bas complètement guéri de sa tuberculose.

Herr Graf eût aimé partir se soigner seul, mais Frau Graf, son épouse, une femme déterminée, avait argué que la famille ne devait pas se séparer. À présent, il était heureux qu'elle ait insisté car une sorte de miracle était en train de s'opérer, non seulement sur sa santé fragile mais sur le tempérament et l'humeur des enfants.

– Bonne nuit, papa, lancèrent-ils à l'unisson. Bonne nuit, maman.

Et ils partirent en trottant vers leur chambre située au bout de l'unique couloir du premier étage de la maison de location.

Oui, les enfants se délectaient de leurs vacances, surtout dans la mesure où celles-ci les avaient séparés de leur précepteur à une période où ils auraient dû étudier.

C'était la première raison, il y en avait une autre. Ils éprouvaient une réelle affection pour la dame que leurs parents avaient engagée afin de veiller sur eux, une jeune femme calme et gentille qui portait le nom de Laura.

Chaque soir, après qu'ils eurent dit leurs prières, elle s'asseyait au pied du lit et leur racontait une histoire.

Tous deux, le frère et la sœur, la trouvaient fort belle et écoutaient, subjugués, ses récits. Les récits de Laura ne ressemblaient pas aux fadaises que leur servait leur précepteur, où des enfants ennuyeux se livraient à des activités ennuyeuses.

Non, les histoires de Laura étaient palpitantes. Elles foisonnaient d'aventures trépidantes, de voyages vers des terres mystérieuses, de héros courageux et de méchants très cruels. Ils adoraient.

Ce soir-là, Laura se peignait les cheveux debout devant la fenêtre. Elle contemplait le ciel nocturne. Elle semblait plus songeuse qu'à l'ordinaire.

– Avez-vous remarqué, les enfants ? Les nuits se font plus longues à présent, dit-elle en se tournant vers eux, un sourire aux lèvres. Ce soir, c'est la lune du chasseur, la Lune Giboyeuse... Et avec pareille lune, je pense qu'il n'y a qu'une sorte d'histoire à conter. Une histoire de fantôme !

Les enfants soupirèrent de plaisir.

– Cela vous plairait ?

Ils acquiescèrent.

– Très bien, donc une histoire de fantôme...

Elle eut un grand sourire.

– Je vais laisser les rideaux ouverts. Éteignez votre bougie et je vous raconte l'histoire à la lueur de la lune.

Les enfants se réjouirent de plus belle et soufflèrent la chandelle.

Laura s'assit au pied du lit, continuant de se démêler les cheveux à coups de peigne longs et lents.

2

– L'histoire se déroule précisément sur cette île, commença Laura. Cela se passa voilà des centaines d'années, personne ne sait exactement quand. Mais je vais vous raconter les choses telles qu'elles se sont véritablement produites.

※

C'est une histoire ancienne, une histoire d'amour, d'amour défendu ! C'est une tragédie.

Il était une fois deux amoureux. Ils étaient jeunes et beaux, chacun à leur manière. Ils se nommaient Merle et Erik. Merle était charmante, on eût dit quelque créature fraîche et vive poussée dans les champs. Elle était mince, gracieuse, ses cheveux châtain clair lui dévalaient dans le dos.

Lorsque Erik la vit pour la première fois, il était occupé à réparer ses filets de pêche sur le quai. Elle venait d'arriver du continent, avec son père, après un séjour dans la grande ville. Comme, débarquant du bateau, elle posait le pied sur le quai, leurs regards se croisèrent.

Aucun d'eux ne sourit, mais quand Merle inclina la tête de côté, sans quitter Erik des yeux, il comprit immédiatement qu'il était amoureux. Le père de Merle, qui allait en avant, réglant certaines questions avec le passeur, se retourna et surprit le regard qu'échangeaient les deux jeunes gens.

Erik détourna les yeux pour reporter son attention sur son filet, Merle pressa le pas afin de rejoindre son père.

– Que faisais-tu ? s'enquit celui-ci.

Il était l'homme le plus riche à des lieues à la ronde, il n'était pas question que sa fille soit vue échangeant même un seul regard avec un simple pêcheur. Négociant prospère sur le continent, le père possédait également une maison sur l'île. Ce jour-là, ils rapportaient des nouveautés de la ville, destinées à décorer leur résidence insulaire.

– Rien de spécial, Père, dit Merle.

Il émit un grognement désapprobateur.

Ils prirent la direction de leur demeure. Comme ils s'éloignaient, Erik se redressa et abandonna son ouvrage pour contempler la silhouette de Merle. Il remarqua la légèreté de sa démarche, sa grâce, il ne douta pas que ses sentiments étaient authentiques et profonds.

Dans le même temps, il devina que les orages ne tarderaient pas à s'amonceler à l'horizon, car un amour pareil au leur, entre deux êtres de conditions si dissemblables, ne serait jamais permis.

⁂

Laura s'interrompit et regarda les jumeaux.

– Certains passages de cette histoire, reprit-elle, la voix réduite à un chuchotement, sont un peu effrayants. Il y a aussi d'autres passages que vos parents risqueraient de désapprouver…

Elle marqua une nouvelle pause. Les enfants l'observaient, les yeux brillants. Jamais auparavant ils ne s'étaient trouvés dans ce genre de situation.

– Si je vous raconte cette histoire, reprit Laura, il serait préférable que nous convenions d'une chose : que vous n'en parliez pas à vos parents. N'est-ce pas une bonne idée ?

Frère et sœur approuvèrent avec conviction.

– Bien, fit Laura. Alors je poursuis.

3

– Que pouvait faire Merle ? interrogea Laura.

« Son père, qui savait pertinemment combien sa fille était belle, et qui savait les soucis que cela pouvait provoquer, l'avait tenue enfermée quand ils habitaient la grande ville. L'île se révélait pour elle une autre prison. »

Elle n'avait pas d'amis, et il y avait si peu à faire. La maison qu'ils possédaient était la plus grande de l'île, pourtant Merle se lassa rapidement de ses pièces multiples et de la vue sur les alentours. Elle brûlait de sortir et, dès qu'elle le put, elle fit de longues promenades autour de l'île, grimpant sur le plus haut sommet, contemplant la moitié ouest, parcourant les prairies dépourvues de cultures maintenant que l'automne était arrivé. Elle marchait de longues heures dans l'herbe et le bas de sa longue jupe se trempait de rosée.

Sa promenade favorite cependant la menait vers le littoral ; elle arpentait les plages, sautait par-dessus les flaques entre les rochers, traversait les bois qui ourlaient le rivage à l'est. Elle allait également sur le quai.

Elle aimait regarder les bateaux accoster et appareiller, mais il en était un en particulier qu'elle guettait, celui qui appartenait à Erik.

Or, voilà que par un jour où le ciel se faisait d'un noir d'encre bien que la pluie ne se fût pas encore abattue sur l'île, Merle vit qu'une violente tempête se déchaînait au large. Elle s'inquiéta pour les pêcheurs, et pour Erik, s'alarma davantage quand elle ne reconnut pas son bateau parmi ceux qui avaient déjà regagné le port.

Elle se parla à elle-même.

– Erik ? murmura-t-elle, confiant le nom aimé au vent.

Et alors qu'elle se tenait là, debout sur le quai, elle entendit une voix derrière elle.

– Eh bien, il en va ainsi, dit la voix.

Elle se retourna et vit Erik. Il souriait, timidement. Il ignorait comment parler à cette jeune fille élégante, ignorait ce qu'il convenait de dire, quoiqu'il sût parfaitement bien ce qu'il désirait exprimer.

Merle inclina la tête.

– Quand on prononce son nom, on en voit les cornes ! dit-elle en riant, soulagée. Mais où est ton bateau ?

– Nous avons accosté au sud, expliqua Erik. Il devenait trop dangereux de rester plus longtemps en mer.

Erik abaissa le regard vers la jupe de Merle.

– Tes vêtements sont déjà trempés, constata-t-il, interloqué.

– J'ai marché dans la prairie, dit Merle, ce n'est rien. Je me sécherai vite auprès du feu dès que je serai rentrée.

Elle se tut, regarda les pierres qui constituaient le quai.

– Je me faisais du souci pour toi.

Erik haussa gauchement les épaules.

– La tempête arrive. Tu devrais rentrer chez toi avant les trombes d'eau.

Il hésita un instant puis prit son courage à deux mains.

– Je préférerais te savoir en sûreté chez toi, je vais te raccompagner.

– Merci, fit Merle, mais je connais le chemin.

– Je sais que tu connais le chemin, rétorqua Erik.

Et il se fit entre eux un long silence.

Merle finit par secouer la tête.

– Tu ne peux pas me raccompagner, dit-elle. Père…

Elle n'acheva pas sa phrase.

– Au revoir, reprit-elle. Je suis heureuse que tu sois sain et sauf.

Tournant les talons, elle repartit à travers la prairie, mouillant encore davantage l'ourlet de sa jupe.

Elle se trouvait à peu près au milieu de la prairie quand, sentant un picotement sur sa nuque, elle se retourna. Et elle vit. À bonne distance, Erik arrivait vers elle, l'air de la suivre tel un spectre.

Elle se remit en route, avant de se tourner de nouveau.

Il n'y avait pas de doute possible : Erik la suivait.

Elle pressa le pas, ses pieds commençaient à souffrir de l'humidité.

Quand elle arriva à proximité de sa demeure, l'obscurité gagnait, sous l'effet à la fois du crépuscule et des nuages menaçants qui s'amoncelaient. Elle avait l'impression que le brouillard lui poissait les cheveux de ses doigts humides. Elle quitta la prairie, s'empressa de remonter l'allée qui menait à la porte… Elle s'apprêtait à entrer lorsqu'une voix grave résonna dans la pénombre.

C'était Erik.

Elle sursauta, chercha sa respiration.

– Que fais-tu ici ? souffla-t-elle.

Au lieu de répondre, il questionna à son tour :

– Qu'as-tu voulu dire tout à l'heure sur le quai ? « Quand on prononce son nom, on en voit les cornes »…

Merle sourit.

– Ce n'est qu'un dicton. On dit cela quand on est en train de parler de quelqu'un et que ce quelqu'un apparaît.

– Mais… les cornes… ça veut dire que tu me considères comme une bête ?

Merle le regarda. Elle remarqua que lui aussi avait le bas de ses pantalons trempé, pour être passé à travers la prairie.

– Tu es mouillé, dit-elle en se rapprochant de lui d'un pas.

– Quel genre de bête suis-je pour toi ? insista Erik.

Le sourire de Merle s'était effacé.

Elle s'approcha encore d'un pas, alors doucement Erik posa les mains sur ses hanches et ils s'embrassèrent, ce fut un long, très long baiser.

Quand ils s'écartèrent l'un de l'autre, Erik plongea encore une fois les yeux dans ceux de la jeune fille.

– Tu n'as pas répondu à ma question. Quelle espèce de bête suis-je pour toi ?

Merle laissa échapper un rire. Elle lui effleura l'avant-bras, furtivement, et murmura, le sourire aux lèvres, le regard brillant de joie :

– Une bête qui causera ma mort.

4

Laura se leva, s'étira, se dégourdit les jambes, posa le peigne en argent sur la commode de la chambre des enfants.

Ceux-là se chuchotèrent à l'oreille que ça ne ressemblait pas du tout à une histoire de fantôme, plutôt à une histoire d'amour. Or, aucun d'eux n'aimait les histoires d'amour.

Néanmoins, la pleine lune du chasseur qui dispensait sa lumière d'or pâle à travers les carreaux de la fenêtre et un ils-ne-savaient-quoi chez Laura, Laura vêtue de sa robe noire à l'ourlet violet, donnaient au récit une tonalité funeste. Quelque chose de particulier dans les mots qu'elle employait pour conter son histoire leur soufflait que de tristes événements allaient advenir.

Laura se réinstalla au pied du lit, réordonna ses jupes, ses jupons, et continua.

L'amour que se portaient mutuellement Merle et Erik ne fit que croître, et croître encore, jusqu'à les consumer.

Leur vie devint éprouvante.

Erik était sans cesse occupé, soit qu'il pêchât soit qu'il passât des heures à radouber ses filets. Il pratiquait un métier rude et exigeant, qui laissait peu de place au plaisir.

Quant au père de Merle, il la surveillait comme le lait sur le feu. Il avait perçu un changement en elle, il avait deviné qu'il se passait quelque chose. Il devenait de plus en plus soupçonneux, en conséquence il devint de plus en plus difficile pour elle de s'échapper même pour quelques minutes.

Mais l'on dit que l'amour finit toujours par l'emporter, et l'on a raison.

L'amour finit toujours par l'emporter.

Aussi les deux amants continuèrent-ils de se rencontrer, en secret, généralement tard le soir, quand le père de Merle croyait sa fille sagement recluse dans sa chambre, et quand Erik aurait dû dormir afin de reprendre des forces en prévision de sa longue journée en mer le lendemain.

Ils se retrouvaient fréquemment en haut de la prairie puis, à la faveur de l'obscurité, afin d'éviter de croiser quiconque dans les chemins, ils partaient se promener à travers les hautes herbes, sentant peu à peu l'humidité leur tremper les pieds et le bas des vêtements.

Lorsqu'ils avaient les pieds transis, ils songeaient qu'il était temps de regagner leurs foyers respectifs, alors ils se séparaient pour le restant de la nuit.

Une nuit, au moment de se séparer, Erik prit dans les siennes les mains de Merle et murmura :

– Dis que tu ne me quitteras jamais.

– Je ne te quitterai jamais, dit Merle.

– Est-ce donc si facile à dire ? s'étonna Erik.

– Ça l'est, puisque c'est de toi que je parle, répondit Merle. Je ne te quitterai jamais. Quoi qu'il arrive, où que tu ailles, quoi que tu fasses. Je ne te quitterai jamais.

– Mais ça ne peut pas être aussi facile, répliqua Erik. Il nous est défendu de nous aimer. Bientôt, il nous deviendra peut-être impossible d'être ensemble.

Merle secoua la tête avec une calme détermination.

– Je trouverai un moyen, dit-elle. Je trouverai toujours un moyen.

⁂

Cette nuit-là, Merle dormit profondément, mais ses rêves furent étranges et tourmentés.

Elle dormait encore à une heure avancée de la matinée, si bien que son père, de plus en plus inquiet à son sujet, entra dans sa chambre. Elle ne se réveilla pas.

Il resta debout au pied du lit à contempler son enfant unique puis son regard tomba sur les vêtements abandonnés sur le dossier d'une chaise. Un détail retint son attention.

Le bas de la robe et du jupon étaient trempés, ce qui était curieux car, lorsqu'elle lui avait dit bonne nuit la veille au soir, ils étaient secs.

5

Le soir suivant, Merle sortit en cachette, comme d'habitude.

Elle avait souhaité bonne nuit à son père, comme d'habitude.

Elle marcha jusqu'en haut de la colline, comme d'habitude.

Elle ne vit pas Erik, aussi attendit-elle.

Elle attendit et, ne le voyant toujours pas apparaître, elle commença à s'inquiéter.

Envisageant qu'il pût y avoir eu un malentendu sur le lieu de leur rendez-vous, elle s'élança à travers la prairie, l'ourlet de sa robe se gorgeant de nouveau de rosée. Elle parcourut la prairie sur toute sa longueur puis revint à son point de départ ; elle n'avait pas rencontré Erik.

Pour finir, rongée par l'inquiétude, elle se résigna à regagner en vitesse son logis.

Ce fut une silhouette bien solitaire qui traversa la nuit dans le froid clair de lune, au son du vent qui gémissait dans les arbres, ses jupes trempées caressant les herbes hautes.

Elle franchit discrètement la porte et se glissa à l'intérieur de la maison plongée dans l'obscurité. Elle allait poser le pied sur la première marche de l'escalier quand, soudain, une voix l'appela depuis le salon.

– Ma fille.

La flamme d'une lampe tremblota.

Elle trouva son père assis dans le fauteuil, auprès du feu qui se mourait.

– Que fais-tu, ma fille ?

Merle s'avança, échafaudant mentalement quelque explication, mais aussitôt les mots lui manquèrent.

Son père tenait un pistolet qu'il pointait en direction d'une personne qui occupait l'autre fauteuil à proximité de la cheminée.

Erik.

Merle manqua défaillir. Erik la regarda tristement.

– Dis-moi que ce n'est pas vrai, fit son père avec froideur.

Merle eut un geste de rébellion.

– Je ne peux pas ! s'exclama-t-elle. Je ne peux pas faire ça ! Je l'aime ! Je veux être avec lui pour toujours.

Le père se mit debout.

– Au contraire, dit-il. Tu ne le reverras jamais. N'est-ce pas ce dont nous sommes convenus ?

Cette dernière remarque s'adressait à Erik, qui se leva à son tour, pitoyable, les yeux baissés vers le sol.

– Non ! Erik ! cria Merle. Dis que ce n'est pas vrai !

Mais Erik eut un geste de renoncement. Certes, peut-être l'amour finit-il toujours par l'emporter, mais la haine le peut aussi.

– Ton père a raison, finit par articuler Erik. Je regrette, Merle.

Il se dirigea vers la porte, Merle courut pour l'arrêter, mais son père s'interposa, brandissant furieusement le pistolet.

– Père ! Non !

– Va dans ta chambre ! rugit-il. Et vous ! Dehors ! ajouta-t-il à l'adresse d'Erik.

Merle grimpa les escaliers en sanglotant.

La porte se referma derrière Erik.

Son père avait raison ; c'était bel et bien la dernière fois qu'elle le voyait.

Le lendemain, en début de soirée, la rumeur arriva au village qu'il y avait eu un mort en mer ce jour-là, par noyade.

Erik avait appareillé comme d'habitude, avec les autres.

La tempête s'était levée au large et tous les pêcheurs avaient alors fait voile vers la pointe sud de Blest afin de se mettre à l'abri, mais le bateau d'Erik n'était pas rentré.

Un autre pêcheur raconta l'avoir vu en difficulté, à une certaine distance à la traîne des autres, ce qui, disait-il, était curieux, Erik étant le meilleur marin de la flottille.

⁂

Deux jours plus tard, le corps d'Erik, à moitié grignoté par les poissons qu'autrefois il attrapait, vint s'échouer sur la côte sud.

Un jour encore plus tard, on retrouva son bateau, enfin ce qu'il en restait, dans les eaux peu profondes.

En examinant l'épave, on découvrit que le fond de la carène avait été défoncé, ce que, encore une fois, tout le monde trouva bizarre, car l'embarcation était en bon état le dernier matin où elle avait pris la mer ; chacun était prêt à le jurer.

6

Les jumeaux se regardèrent d'un air surpris puis dévisagèrent Laura.

– Tu veux dire que Erik s'était noyé volontairement ?

Laura acquiesça en silence, lentement, et les yeux des enfants se dilatèrent davantage.

Erik savait que leur amour ne pourrait jamais trouver son accomplissement et, par-dessus tout, le père de Merle avait menacé de mettre sa famille entière sur la paille. C'était un homme si puissant qu'il n'aurait eu aucune difficulté à les jeter dans la misère.

Merle était inconsolable.

Erik fut enterré dans le petit cimetière au nord de l'île, Merle se rendit aux funérailles.

Désormais, le père de Merle ne pouvait plus l'empêcher de rien, quelles que fussent ses menaces. Il avait commis le pire des actes, aussi Merle n'avait-elle aucune honte d'afficher son amour en se rendant aux obsèques.

Dans l'assistance on commenta à voix basse la présence de la jeune fille, on cancana d'importance, et alors que l'enterrement s'achevait, que les gens s'en allaient, quelqu'un cracha à terre, devant les pieds de Merle.

Cette nuit-là, la lune était pleine, c'était la Lune Giboyeuse, et Merle s'assit sur la tombe d'Erik pour y sangloter.

– J'ai juré que je ne te quitterai jamais, dit-elle, et il en sera ainsi. Je ne romprai pas ma promesse.

Elle réitéra son serment, pour elle-même, pour Erik.

– Qu'il me faille attendre une année et un jour, qu'il me faille déplacer les montagnes, qu'il me faille franchir le fleuve des enfers, je trouverai le moyen de nous réunir.

Chaque soir au crépuscule, Merle quittait sa demeure, tel un fantôme, devenue l'ombre d'elle-même et de sa beauté passée, et rejoignait la sépulture d'un pas chancelant.

Chaque soir, elle s'asseyait sur la tombe, pour attendre, attendre que Erik revînt. Finalement, elle s'endormait, ses larmes mêlées à la constante pluie d'automne qui crépitait sur la terre fraîchement retournée.

Chaque matin, elle regagnait son logis d'un pas chancelant, pauvre malheureuse glacée et fiévreuse.

Son père tentait bien de s'opposer mais, quoi qu'il fît ou dît, Merle ne lui accordait aucune attention.

Les jours se muèrent en semaines.

Les semaines devinrent des mois.

Les mois finirent par faire une année.

Et Merle continuait de passer ses nuits à sangloter sur le tombeau de son amour.

Au fil de l'année, cependant, une mutation s'était produite en elle. Épuisé, malmené au-delà de ses capacités d'endurance, son esprit s'était comme distordu, déchiré, le résultat étant que, un an et un jour après que Erik eut été enseveli dans la terre, Merle devint folle.

Une nuit, alors qu'elle dormait sur la tombe à présent entourée d'herbe, la dalle tapissée de mousse douce, elle s'éveilla brusquement.

La lune projetait une lumière si vive qu'on y voyait presque comme en plein jour.

C'était une nuit paisible, à dire vrai aussi immobile et silencieuse que le tombeau lui-même, et lorsque Merle se redressa elle vit un lièvre assis dans l'herbe, à une distance d'un bras.

Elle sut immédiatement qui il était, ou plutôt, qui elle pensait qu'il était. Dans le désordre de son esprit affaibli, elle crut que la créature était son amant.

– Erik ! s'écria-t-elle.

Voyant que le lièvre ne s'enfuyait pas d'effroi, sa certitude s'accrut.

– Erik ! appela-t-elle de nouveau, riant et pleurant.

Elle tendit la main, le lièvre s'approcha d'un bond et lui renifla les doigts. Elle s'approcha à son tour, alors le lièvre étira son corps souple jusqu'à son visage, jusqu'à ses lèvres. Ils s'embrassèrent doucement.

– Erik ! murmura-t-elle. Quelle astuce !

Brusquement une idée lui traversa l'esprit et elle se mit prestement debout. Le lièvre partait maintenant, bondissant entre les arbres.

– Mais comment, s'écria-t-elle, comment puis-je te suivre ? Je dois être avec toi, mon amour ! Comment puis-je être avec toi ?

À peine avait-elle prononcé ces mots que la réponse lui vint, telle une fleur qui éclot. Elle sut vers qui elle devait se tourner pour quérir de l'aide.

Sur la colline, sur le chemin menant à la partie ouest de l'île, vivait une vieille femme qui connaissait les anciens secrets.

On la disait sorcière, et l'on avait raison.

7

La maison de la sorcière était la dernière sur la droite en grimpant la colline.

Merle entra et s'assit près du feu de cheminée, les yeux quasiment privés d'éclat, le visage pâle et creusé, méconnaissable si l'on se rappelait la fille que Erik avait autrefois aimée.

Tout en vaquant à ses occupations, la sorcière écouta son histoire, écouta sa requête.

Il y eut un long silence, à l'issue duquel Merle finit par lever les yeux vers la vieille.

– Alors, demanda-t-elle, pouvez-vous le faire ?

La sorcière parut réfléchir un très long moment puis finit par hocher la tête. Lentement. Une seule fois.

– Oui, je le puis. Reviens ici dans une semaine.

– Si longtemps ?

– La magie a besoin de temps.

Aussi Merle attendit-elle, ce fut une semaine de tourment.

Chaque nuit, elle s'asseyait sur la tombe d'Erik, guettant son retour sous la forme du lièvre, mais elle n'aperçut que deux fois l'animal, dans le bouquet d'arbres éloigné.

– Attends ! Attends, mon amour ! lui lança-t-elle. Bientôt, je serai capable de te suivre !

À la fin de la semaine, elle retourna à la maison de la sorcière et s'assit de nouveau auprès de l'âtre.

– Eh bien ?

La sorcière opina et sortit d'un placard un pichet en verre contenant un liquide trouble, d'un noir violacé.

– Ce filtre fera ce que tu réclames, dit-elle. Attends la tombée de la nuit. Va dans les bois, ou quelque endroit où nul ne te verra. Ôte tous tes vêtements, car il ne faudrait pas que tu sois prisonnière de ces oripeaux quand tu t'éveilleras. Et bois. Bois ceci entièrement. Tu dormiras.

« Lorsque tu t'éveilleras, tu auras pris la forme que tu désires, mais il est impératif que tu gardes cette forme à l'esprit au moment où tu t'endors. Est-ce bien compris ? »

Merle ne dit mot et acquiesça d'un hochement de tête.

Quittant son siège près du feu, elle regarda le soleil d'octobre qui déjà déclinait rapidement vers l'horizon à l'ouest.

Elle marcha jusqu'au cimetière, s'assit sur le tombeau, et attendit la tombée de la nuit.

En patientant, elle chanta une chanson.

Le vent souffle fort aujourd'hui, amour
Giflé de fines gouttes de pluie ;
N'ai jamais eu qu'un seul amour,
Dans un tombeau glacé il gît.
Moi je ferai autant pour mon amour
Que ce que peut fille ici-bas ;
Sur son tombeau je gémirai
Durant douze mois et un jour.
Les douze mois et le jour ont passé,
Lors le mort se met à parler :
« Oh, qui ainsi toujours sanglote,
Et du sommeil veut me priver ? »
C'est moi, amour, sur ton tombeau lovée,
Oui, du sommeil je viens pour te priver ;
Il me faut un baiser de tes lèvres d'argile,
Voilà ce que j'attends et toujours attendrai.

À la tombée de la nuit, Merle se releva, à gestes délicats elle se dévêtit entièrement, plus maigre aujourd'hui que jamais, et pourtant encore avenante et agile.

Elle porta le pichet à ses lèvres et, sans songer davantage, but le breuvage.

Le pichet tomba, elle-même chuta vers la terre, se tenant la gorge et le ventre.

La sorcière n'avait pas dit que ce serait ainsi. Que la souffrance serait telle, en même temps elle se souvint des paroles de la vieille, et donc, alors même qu'elle se tordait de douleur, se débattant dans l'herbe, elle concentra sa pensée sur son vœu.

La forme qu'elle désirait.

Un lièvre.

8

Au matin suivant, le père de Merle découvrit l'absence de sa fille ; elle n'était pas rentrée du cimetière à l'aurore comme à l'accoutumée.

Il organisa des recherches, mais bien que l'île fût fouillée et refouillée de fond en comble, on ne trouva que les vêtements de la jeune fille en tas à côté de la tombe du pêcheur.

Le père s'écroula sur le tombeau et se mit à sangloter.

À quelque distance de là, un lièvre regardait l'homme pleurer.

Au bout d'un moment, le lièvre vit d'autres hommes relever celui qui s'était jeté sur la tombe et tous s'éloignèrent du cimetière.

⁂

Le lièvre était seul. Il s'avança dans le cimetière en sautillant, en direction de la sépulture sur laquelle l'homme s'était jeté en pleurant.

Le lièvre paraissait soucieux, troublé. Il fit quelques sauts autour de la tombe, agité, regardant ici et là, regardant, cherchant, cherchant quelque chose qui aurait dû se trouver à cet endroit et qui n'y était pas.

Pour finir, le lièvre s'assit sur la dalle et attendit.

Tandis qu'il attendait, une voix se mit à chanter depuis les profondeurs de la terre.

Voici ce qu'elle chantait :

Il te faut un baiser de mes lèvres d'argile ;
Or mon souffle n'est plus que celui du tombeau ;
Si tu obtiens ce baiser d'argile,
Ton heure aura sonné bientôt.
Retourne, mon amour, dans la verte prairie
Où nous promenions du temps de la vie,
La plus belle des fleurs qui fut jamais
Est en train de faner, elle aussi condamnée.
La tige s'est flétrie, desséchée, mon amour,
De même nos cœurs seront fanés ;
Aussi console-toi, mon amour,
Jusqu'à ce que Mort vînt te chercher.

L'histoire se termine ici, tragiquement.

Car il y avait un chasseur qui guettait le lièvre dans le cimetière. Sorti cette nuit-là avec son fusil, l'homme ne revenait pas de l'aubaine qui s'offrait à lui.

Alors que le lièvre s'était endormi sur la tombe, il visa et fit feu. Il sourit en pensant que sa femme serait contente qu'il rapporte un gibier à cuisiner en civet. Il fourra la dépouille dans sa gibecière et rentra tranquillement chez lui dans la nuit, sifflotant une vieille chanson traditionnelle.

⁂

Laura avait achevé son histoire à mots chuchotés. Elle fit silence.

Les enfants la dévisageaient avec stupeur, les yeux encore plus écarquillés qu'auparavant. Le frère regarda la sœur, la sœur regarda le frère, et tous deux portèrent à nouveau leur attention sur Laura.

Malgré l'obscurité de la chambre qu'atténuait seul le clair de lune, ils constatèrent qu'elle pleurait.

La sœur regarda le frère, le frère regarda la sœur, à l'issue de quoi les jumeaux décidèrent, sans avoir besoin d'échanger deux mots, qu'il leur fallait quérir de l'aide.

Ils sortirent de leur lit et descendirent l'escalier sur la pointe des pieds afin d'aller retrouver leurs parents.

– As-tu remarqué ? se demandèrent-ils alors que leurs pieds nus effleuraient les marches sombres de l'escalier. As-tu remarqué sa robe ?

Ils trouvèrent leurs parents assis au salon, en compagnie d'une dame qu'ils n'avaient jamais rencontrée.

– Maman, papa, s'exclamèrent-ils de concert. Laura est en train de pleurer. À notre avis, vous devriez monter pour lui parler.

Herr et Frau Graf parurent troublés. Gênés.

– Qui pleure, avez-vous dit, mes chéris ? s'enquit Frau Graf.

– Laura. La dame que vous avez engagée pour nous coucher. Elle nous racontait une histoire de fantôme, d'ailleurs ce n'était même pas vraiment une histoire de fantôme. Et maintenant, elle pleure.

Herr Graf se leva.

– Voici une plaisanterie assez sotte, déclara-t-il. Encore une de vos inventions. Vous allez immédiatement vous excuser et retourner au lit.

Les jumeaux se mirent alors à pleurnicher.

– Mais c'est la vérité !

– Les enfants, intervint leur mère avec moins de sévérité, je vous présente Laura, qui vient d'arriver, continua-t-elle en désignant la dame inconnue. Sa mère étant souffrante, elle n'a pu nous rejoindre qu'aujourd'hui. Je vous l'avais expliqué, vous ne vous rappelez pas ?

Les jumeaux échangèrent un regard, observèrent leurs parents, puis regardèrent la prétendue Laura d'un air soupçonneux.

– Alors, qui est dans notre chambre ?

C'était au tour des parents de les considérer avec stupeur ; Herr Graf sortit en trombe du salon et s'élança dans l'escalier. Il resta absent un petit moment puis revint.

– Rien. Ni personne, dit-il. C'est bien ce que je pensais, encore une de vos inventions pour nous faire tourner en bourrique.

Les enfants étaient trop stupéfaits pour répliquer.

– Et l'un de vous a-t-il aussi jugé amusant de renverser de l'eau ? Au pied du lit, les montants sont mouillés.

9

Les jumeaux refusèrent de s'excuser.

– Ce n'est pas Laura, protestèrent-ils. Laura est là-haut ! Elle ne ressemble pas à celle-ci.

– Assez ! tempêta Herr Graf. Arrêtez ! J'exige que vous cessiez sur-le-champ vos idioties. Qu'est-ce que Miss Laura va penser de vous ?

Or, Laura demeurait immobile sur le sofa, une expression étrange sur le visage. Elle conservait le silence.

– Alors, qu'en est-il de l'histoire qu'elle nous a racontée ? s'interrogèrent soudain les jumeaux. Si nous avions tout inventé, comment pourrions-nous connaître l'histoire de Merle et d'Erik ? Qu'ils étaient tombés amoureux l'un de l'autre mais qu'il ne leur était pas permis de s'aimer ? Et comment Erik se noya et comment Merle devint folle et ensuite se transforma en lièvre ? Comment pourrions-nous savoir tout ça ?!

À présent, leur père était réellement en colère.

– Vous avez tout inventé. Vous êtes capables d'imaginer n'importe quelle histoire et de tenter de nous faire accroire qu'une inconnue vous l'a racontée ! Comment osez-vous ! Comment osez-vous nous mettre, votre mère et moi, dans une situation aussi embarrassante ?

– Les enfants, reprit Frau Graf, un œil sur leur invitée, je pense préférable que vous retourniez au lit maintenant. Nous reparlerons de cela demain matin. Lorsque vous serez moins fatigués. Lorsque nous serons tous moins fatigués.

Les enfants s'apprêtaient à protester de plus belle quand la dame, qui s'appelait véritablement Laura, prit la parole :

– Savez-vous, Herr Graf, Frau Graf... il existe en effet une histoire semblable, bien que je ne l'aie pas entendu évoquer depuis longtemps...

Elle s'interrompit, l'air hésitant, quelque peu gêné.

– Seulement c'était... assez différent... de l'histoire que les enfants viennent de nous résumer. Ce fut en effet un amour tragique, sauf que la raison pour laquelle ils ne pouvaient s'aimer n'était pas que Erik fût pauvre. Merle était riche, mais Erik l'était également. Il n'était pas pêcheur, et... enfin, il ne s'appelait pas Erik. Il s'agissait d'une femme. Elle s'appelait Erika.

« Elle était fille de noble. Leur amour était interdit parce que, eh bien... »

Elle s'arrêta de nouveau et regarda les enfants. Ce n'était pas le genre de chose que devaient entendre de jeunes oreilles. Laura se remémorait un peu mieux l'histoire maintenant.

– Elle était belle également, dit-on. Et toujours très élégamment vêtue, bien qu'elle portât continuellement la même robe, sa préférée.

Les enfants se taisaient.

⁂

Dehors, une dame en robe noir et violet tendait l'oreille vers le silence de la maison.

Quelque part au loin, très loin, fusa le cri déchirant d'un lièvre blessé.

Le cri semblait tellement humain.

La femme en robe noir et violet secoua la tête, songeant à son amante qui avait perdu l'esprit et était devenue une agile créature de l'ombre.

– Eh bien, dit-elle tristement, il en va ainsi.

Sixième partie

LE VAMPIRE

Xe siècle - La Lune Neigeuse

1

Je suis vieille à présent.

Je suis vieille à présent et ce qu'il advint sous le faible éclat de la Lune Neigeuse lorsque j'étais petite fille a dérivé et s'est dispersé au loin dans le long cours de l'eau. Et pourtant, lorsque je ferme les yeux, tout défile à nouveau devant moi, une fois encore.

Peut-être y a-t-il des choses que j'ai oubliées.

Peut-être y a-t-il des choses qui sont sorties de ma mémoire et désormais n'existent plus nulle part. Je suis la plus âgée du clan, quand je mourrai mes souvenirs mourront avec moi, à moins que je ne les aie transmis à la mémoire des autres, grâce au récit que j'en ferai.

Je m'en acquitte donc. J'ai conté tant d'histoires dans ma vie, et ces histoires que j'ai contées continueront de vivre chez les plus jeunes.

Mais il est des histoires que je n'ai jamais contées.

Il en est une, une…

Il est une histoire dont quelques personnes connaissent des bribes, mais dont moi seule détiens l'entière vérité, et j'emporterai cette vérité dans ce lieu, quel qu'il soit, qui nous attend quand nos paupières se ferment pour la dernière fois.

2

Soit que les neiges fussent venues précoces et abondantes cette année-là, soit que les bateaux aient tardé à rentrer, les longues prairies étaient presque impraticables.

Mais non. C'était la Lune Neigeuse, je m'en souviens, c'est donc que les bateaux avaient du retard. Voilà pourquoi il fallait tous les bras du village pour tirer les longues embarcations à travers les prairies glacées, grises dans la lumière avare.

Même Eirik et moi aidions, bien que nous ayons alors moins de dix hivers, j'en suis certaine.

Nous étions restés à guetter au Point de Vue, dans l'espoir d'être les premiers à apercevoir les navires à l'horizon, la campagne de raids sur les mers étant terminée pour l'année.

Ils avaient tellement de retard. Tellement !

Et à chaque jour qui ne voyait pas leur retour, le village se faisait plus silencieux.

Il était impossible que tous les bateaux soient perdus. Que pas un ne rentre. Certes, parfois, lors d'une expédition, il arrivait que l'on en perde ; la rapine sur les mers était dangereuse. Mais perdre la totalité de la flotte ? Impossible !

Et néanmoins, à mesure que passaient les jours, que les nuits s'allongeaient presque à se toucher, les pensées secrètes devenaient des mots murmurés, qui eux-mêmes se muaient en cris de détresse.

Ils nous ont abandonnés !

Ils ont été défaits par les habitants des terres lointaines !

Ils ont été avalés par le Krake, le monstre marin !

Mais ni Eirik ni moi ne reprenions ces lamentations. Les bateaux étaient revenus chaque automne, ils reviendraient cette année encore, même si l'automne avait laissé place à l'hiver.

Enfin, alors que nous attendions au Point de Vue, contemplant le soleil qui rasait à peine la surface de l'eau, Eirik vit les mâts.

Il me tira par la manche. Nous nous levâmes, le souffle court, et nous comptâmes.

Il fallut attendre qu'ils soient plus proches et, toujours sans dire un mot, nous comptâmes à nouveau.

Ils étaient tous là.

– Allons-y ! m'écriai-je.

Et avec mon frère nous dévalâmes la colline pour débouler dans la maison longue à la croisée des chemins.

– Mère !

Nous avions crié ensemble, cela nous arrivait souvent.

– Mère ! Ils sont revenus !

Parmi d'autres femmes présentes, notre mère se détourna de son ouvrage auprès du foyer, un couteau dans une main, dans l'autre la dépouille d'un lièvre à moitié dépecé.

Il lui fallut un moment pour comprendre ce que nous lui disions.

Je revois aujourd'hui en esprit ses lèvres remuer, répétant les mots que nous venions de prononcer, sans émettre un son.

– Ils sont revenus.

– Mère ! Viens !

Entre-temps, d'autres dans le port du nord avaient aperçu les mâts qui traçaient sous le vent d'ouest. Des cris montèrent du chemin.

À ce moment-là, Mère poussa un glapissement, comme si elle s'était brûlé la main. Elle abandonna sa tâche et nous courûmes tous dans la neige, nous joignant aux appels et aux cris du village entier, jeunes, vieux et femmes mêlés, qui se réjouissaient du retour des hommes.

Enfin, ils étaient là !

Père, debout à la proue de son bateau, adressa un signe de la main, à nous et au village, ainsi que le doit un chef.

– Eirik ! Le vent nous apportait son appel. Eirik ! Melle ! Nous sommes de retour.

Il riait.

Nous essayâmes de lui répondre, mais le vent debout était contre nous, et il secoua la tête.

Les quilles crissèrent sur les cailloux, les coques brisant les plaques de glace qui annonçaient le gel des flots.

Père sauta à terre.

Il sauta depuis la hauteur de la proue, jusque sur les rochers, et marcha à grands pas vers nous.

– Amenez les chars à roues ! rugit-il.

Nous avions déjà couru vers lui et nous jetions à son cou.

– Mon gars ! Ma fille ! Ce que vous avez grandi !

Il rit de plus belle, nous gardions les yeux levés vers lui.

Eirik riait aussi, je crois.

Je me contentais de sourire.

Je sais qu'il en allait ainsi avec Eirik et moi.

Les outils d'Eirik étaient ses mains, ses jambes, ses bras.

Mon outil n'a jamais été que ma pensée.

Grâce à cette pensée, je devinais que, derrière le rire de Père, une ombre mauvaise se tapissait à l'intérieur de lui, une ombre qu'il ne voulait pas. Qui pourtant était là.

3

Les raids avaient été fructueux.

Les douze bateaux étaient revenus chargés de merveilles et les pertes ne se montaient qu'à six hommes, dont deux morts de maladie.

Et puis il y avait quelqu'un d'autre, une personne inconnue.

Tandis que Père, Eirik et moi remontions sur la plage, Père saluant les anciens, on entendit crisser des pas derrière nous, et un homme que Eirik et moi n'avions jamais vu nous dépassa.

Au passage, il abaissa le regard vers nous, et je fus saisie d'une crainte immédiate, sans en connaître la raison. Je pense, pour y avoir réfléchi durant des années, que c'était à cause de sa façon de nous regarder.

Il nous regarda comme s'il nous convoitait. À la façon d'un loup qui veut de la viande.

Si cela m'effraya, je crois que Eirik en eut les sangs fouettés.

– Père, murmura-t-il. Qui est cet homme ? Où l'as-tu trouvé ?

– Il s'appelle Tor, répondit notre père. Je ne veux pas que vous ayez partie liée avec lui. Entendu ?

Nous hochâmes la tête et observâmes discrètement l'individu. Il était grand et fort, peut-être encore plus grand et fort que Père. Il paraissait aussi beaucoup plus âgé. Il avait le poil noir, la peau plus sombre que la nôtre, comme s'il avait davantage connu le soleil, pendant longtemps.

Eirik et moi pensâmes qu'il s'agissait d'un étranger.

Nous imaginions une personne que Père aurait prise en pitié au cours de ses périples, et qu'il aurait ramenée avec lui. Nous nous trompions, manifestement : les anciens le reconnurent, parmi lesquels certains allèrent jusqu'à l'embrasser.

Et il connaissait leurs noms. Alors nous comprîmes qu'il était déjà venu sur l'île de Bloed.

– Amenez les traîneaux ! continuait de crier Père. La nuit ne va pas tarder.

Il avait raison.

Le jour bref et chiche était presque éteint, or il y avait douze navires à décharger et à tirer sur la grève.

Avant longtemps, nous travaillions à la lueur des torches.

Le village entier s'échinait.

De petites embarcations faisaient la navette entre les bateaux et l'île, afin de convoyer le butin jusqu'à la terre ferme.

Pendant ce temps, les navigateurs tiraient les chariots dans l'eau devant la proue du bateau de Père, après quoi les cordages furent rapidement noués.

À la faveur des vagues qui poussèrent la proue du navire sur les traîneaux, le plus difficile fut prestement résolu.

Commença alors le halage, à grands cris et force chansons afin de faciliter le labeur, et chacun, *chaque* habitant du village avait sa place le long des cordages, à l'exception des tout petits, même les bambins marchant à peine portaient les torches qui nous éclairaient.

Je me rappelle.

Quelle nuit ! La silhouette impressionnante des coques de bateaux au-dessus de nos têtes. La lueur orange sur la neige, la fumée noire s'élevant en volutes dans le ciel d'ombre bleue, l'odeur des hommes, l'odeur de l'eau salée, les bernaches cramponnés aux carènes telles des étoiles piquées dans le firmament, nos mains gelées sur les cordages.

Les chants, les rires, les jurons.

Mais je me souviens d'une chose par-dessus tout.

Nous travaillions près de notre père, le Chef, si fiers et heureux de le revoir après des mois d'absence.

Nous peinions dur à ce moment-là. Nous en étions au dernier navire, le dernier à être sorti de l'eau et halé dans la neige tassée, pareil à une énorme baleine morte.

Peut-être les hommes étaient-ils fatigués, mais nous luttions.

Soudain, l'étranger, Tor, fut là.

– Pas assez de force, Wulf ? dit-il à Père.

Père l'ignora.

– Tes hommes ont-ils perdu leur puissance ?

– Attrape une corde, Tor, dit Père.

Tor n'en fit rien. De l'une de ses mains massives, il frictionna les cheveux d'Eirik.

– Gentil gars, dit-il.

Eirik sourit mais, dans l'instant, Père lâcha prise sur la corde et se dressa face à Tor, le visage à une main du sien.

Tout le monde s'immobilisa, il se fit un long silence.

Le craquement des cordes, les cris et les chants, même le crépitement des torches semblèrent se taire.

Alors Père parla.

– Attrape une corde, Tor.

Tor plongea les yeux dans les siens puis, sans détourner le regard, se pencha et se saisit de la corde.

Il y eut une acclamation, on souleva d'un seul élan, et le bateau glissa vers son abri dans la neige des prairies.

Le travail était terminé. Je me rappelle encore une chose de cette soirée.

Comment, tandis que Tor s'éloignait en direction de la maison longue, comment Père le regarda partir.

Ensuite il cracha au sol, là où Tor s'était tenu.

4

La fête battit son plein. Une fulgurance dans la nuit pareille au vol d'un rapace, à la flamme d'un feu, à la propagation d'un fléau, une fête aussi déchaînée que la nuit au dehors était longue.

⁂

Elle sembla durer des jours.

On aurait dit que la maison longue n'avait jamais été désertée, jamais au cours de ces nombreux mois durant lesquels les hommes étaient partis sur les mers.

Soudainement, en une soirée, c'était devenu un lieu de lumière, de joie, de chaleur ; un petit navire de vie, prêt à voguer à travers la nuit et la neige d'un hiver qui rôdait à l'extérieur, juste de l'autre côté du toit de chaume noirci par la fumée.

Deux cochons avaient été abattus. L'odeur de la viande rôtie embaumait l'encoignure la plus haute de la maison longue.

La bière de fleur coulait pareille aux ruisseaux qui dévalaient la colline, le pain était chaud, il y avait aussi des pommes récoltées dans la partie ouest de l'île et conservées dans des tonneaux afin de passer l'hiver.

Père était assis au milieu de la longue table, avec Mère à sa droite.

Nous, nous étions assis avec les autres enfants, à part, mais cela nous convenait.

Père était de retour ! Et nous pouvions observer tout et tout le monde.

Je le scrutai de nouveau, scrupuleusement. Il y avait une ombre dans ses yeux, je le savais, une ombre dans son cœur.

– Eirik, murmurai-je. Qu'est-ce qui ne va pas chez Père ?

Mais Eirik ! Oh, il ne voyait rien.

Eirik n'inclinait qu'à l'action, pas à la réflexion.

En présence d'un chien ensauvagé, Eirik aurait passé des lunes à lui courir après à travers les prairies, quand moi... j'aurais trouvé un os et laissé l'animal venir à moi.

Voilà comme nous étions Eirik et moi.

Donc il ne vit rien.

– Quoi ? fit-il. Qu'est-ce qui ne va pas ? Mais rien ! Regarde !

Peut-être avait-il raison. L'assemblée était la plus joyeuse que j'eusse jamais vue, la salle scintillait de couleurs chaudes, des bruns et des rouges, des ocres et des jaunes.

Père se leva, tenant à la main un crâne de cochon rempli de sang.

Il dominait l'assemblée.

– Notre vigueur fut grande ! cria-t-il. Et nous voilà de nouveau avec vous ! Pourtant, nous déplorons la perte de six hommes, six que nous honorons à l'occasion de ce festin. Hakon ! Kar ! Magnus ! Sigurd ! Björn ! Gilli !

À chaque nom prononcé, on rugissait, et les timbales s'entrechoquaient et le contenu des crânes s'épandait, et Père buvait le sang au nom de chacun de ses hommes tombés.

Cependant, il n'avait toujours pas fait mention de l'inconnu nommé Tor. Et même moi, fillette, je savais que ce n'était pas normal.

Père leva la main pour réclamer le silence.

– Où donc, fit-il, et je le revois aujourd'hui, la voix réduite à un chuchotement, où donc est Leif-au-long-pied ?

Puis, pointant le doigt à travers la salle, il cria.

– Leif ! Notre barde ! Il nous faut des mots ! Donne-nous les mots pour nous rappeler notre long périple, ainsi que nos hauts faits, et nous souvenir de ceux que nous avons perdus.

Alors arriva Leif, s'avançant jusqu'au centre de la longue maison pour, à la lueur du feu, nous donner ses mots.

Leif était beau, grand et mince, nullement bâti pour le combat, quoiqu'il sût se battre avec les autres quand il en était besoin. Mais ses outils étaient les mots, ces mystérieux présents des dieux, et tandis que la majorité des hommes apprenaient simplement à les utiliser, Leif était de ces rares magiciens qui connaissent le secret pour les enchanter.

Debout auprès de l'âtre, il attendit que se fît le silence.

Puis il cria.

– Hwaet !

Alors nous sûmes que ses mots allaient commencer à venir, qui étaient si merveilleux à ouïr.

Oyez l'histoire
du seigneur à grande âme
qui naquit un beau jour
le cœur plein de vigueur ;
toujours ses hauts faits
partout seront narrés.

Fond sur nous sans entrave
Fernis, le loup géant,
déchire, écume, écrase,
jusqu'à ce que se dresse
contre Chaos seigneur,
qui à tous rend l'honneur.

Meurt le bétail
et meurent les hommes,
fiefs et suzerainetés s'écroulent ;
lorsque Wulf le royal
sur eaux immenses s'en alla,
au loin partout l'on trembla.

Son poème nous contait les embûches et les peurs par lesquelles Père et ses hommes avaient passé depuis la dernière fois que nous les avions vus, au commencement de l'été.

Pendant que nous écoutions, mes doigts jouaient avec le bijou que je portais au cou, ce collier que Eirik avait sculpté pour moi dans un os, un lièvre bondissant.

Je vis Tor se lever de sa place.

Je vis également que Père l'avait vu et l'observait prudemment tandis qu'il contournait la salle en se glissant derrière les tables. La sienne se trouvait à l'opposé de la nôtre, toutefois je devinai qu'il se dirigeait vers nous.

Le temps qu'il vienne se planter derrière Eirik et moi pour nous passer les mains dans les cheveux, le silence régnait dans la salle.

Les derniers mots de Leif s'étaient tus et partaient à la dérive, pareils aux étincelles du feu, alors il y eut ce moment terrible, un moment suspendu.

Sans se lever de son siège, Père dit :

– Tor. Que veux-tu ?

Nous sentions ses mains dans nos cheveux ; je tâtonnai à la recherche de la main d'Eirik, et Eirik fit de même, bouleversés que nous étions de ne rien comprendre.

Alors la voix de Tor résonna, fusa au-dessus de nos têtes, en direction de Père, en direction de toute l'assemblée.

– Ces enfants, dit-il, sont les miens.

5

La fête sombra.

Je vis maintes choses.

Mère détournant le regard, détournant les yeux de Tor, détournant les yeux de nous, de Père.

Je vis comment Père bondit par-dessus la table, dispersant ce qui s'y trouvait, le manger, le boire, les couteaux, et comment il se dressa devant nous, penché vers Tor pardessus notre table.

Je ne l'avais pas vu ramasser de couteau, néanmoins il en tenait un à la main, et pointait la lame vers la gorge de Tor.

Malgré cela, ce fut Tor qui parla le premier.

– Le nies-tu ? murmura-t-il, la voix aussi mince qu'un filet d'eau.

J'étais si près, je pouvais voir la pointe de la lame trembler, trembler, alors que Père respirait péniblement.

Puis, avec un grognement puissant, il jeta le couteau sur la terre battue à ses pieds et poussa Tor en arrière, d'une violente bourrade qui l'éloigna de nous et l'envoya contre le mur.

L'autre tituba, porta la main à sa gorge comme s'il sentait encore la pointe de la lame.

Père se tourna vers la salle.

– Notre invité s'est oublié. Cependant, nous pouvons lui pardonner.

Il y avait quelque chose d'étrange dans sa façon de prononcer le mot invité.

– Oui. Nous pardonnons. Mais…

Il se retourna vers Tor.

– Pour cette nuit seulement. Pour cette nuit, cette nuit est un moment de remémoration et de bonté, et nous ne la gâcherons pas avec les souillures de la langue.

Il se tourna ensuite vers Leif.

– Merci, Leif. Comment les dieux usent de ta voix, voilà ce que je ne comprendrai jamais. Joue-nous de la musique maintenant. Fais-nous entendre des chansons !

D'autres s'avancèrent alors, et avec la flûte, la cornemuse et le tambourin, on fit de la musique.

Je regardai derrière nous.

– Il est parti, Melle, me souffla Eirik à l'instant où je le constatais moi-même.

C'était ainsi, Tor avait quitté la salle, en disgrâce.

– Mais qu'a-t-il voulu dire ? chuchotai-je à Eirik. Qu'a-t-il voulu dire ?

Eirik ouvrait de grands yeux. Il n'en savait pas plus que moi.

À ce moment-là, la vieille femme qui portait le nom de Sigrid se pencha vers nous.

– Vous l'ignorez ? Votre père ne vous a pas dit ?

Son visage était abondamment ridé pour avoir été exposé aux intempéries le temps de son grand âge, néanmoins ses yeux reflétaient l'horreur, ou une stupéfaction douloureuse.

– Votre mère ne vous a pas dit ?

Nous secouâmes la tête, ensemble comme cela arrivait souvent.

– Non.

Les pupilles de Sigrid s'étrécirent.

– Pourtant vous devez savoir. Tor est le frère de votre père. Il est votre oncle.

Les chants continuèrent tard dans la nuit, mais je n'entendis pas une note de musique ni ne murmurai une parole.

Je n'avais à l'esprit que la chaleur de la main d'Eirik dans la mienne ; nous étions tous deux bouleversés de n'avoir pas su.

6

Ce ne risquait pas d'être de la bouche de notre père, pas plus de celle de notre mère, que nous apprendrions la vérité mais, à mesure que s'écoulaient les jours de la Lune Neigeuse, nous volâmes l'histoire à la façon de la corneille mantelée qui fouille dans le fumier pour en tirer sa pitance.

Tor, le frère de notre père, avait quitté le village, avait quitté l'île alors que Eirik et moi venions à peine de naître.

Il s'était produit quelque chose et là, bien que nous ayons harcelé Sigrid et quelques autres en sus, nous ne pûmes apprendre la totalité.

Toutefois, nous en apprîmes suffisamment.

Notre père était devenu chef du clan, et avait pris notre mère pour sienne, bien que Tor l'eût lui aussi voulue.

Enfin, étant l'aîné des frères, et ayant le droit de choisir, Père prit notre mère.

De leur union ne naquit aucun enfant. Voilà ce que nous ne cessâmes d'entendre.

Aucun enfant n'était né.

Et chaque soir, Wulf, notre père, buvait de plus en plus de bière de fleur, brassée à partir de la plante dragon qui pousse dans la partie ouest de l'île, et s'isolait dans l'ébriété.

Durant cette période, disait-on, Tor veilla et s'occupa de notre mère, lui offrant la consolation qu'elle ne pouvait trouver autrement, et l'amour, en lieu et place de celui qui se mourait.

Alors, enfin, une chose merveilleuse arriva, notre mère devint gravide.

Neuf mois plus tard, la merveille se révéla double, puisque ce ne fut pas l'un d'entre nous, mais nous deux qui glissâmes du ventre de Mère jusque sur le tapis étendu auprès de l'âtre.

Paraît-il, nous nous tenions par la main lorsque nous vînmes au monde.

Paraît-il, Père pleura.

Paraît-il, Mère sanglota.

Paraît-il, le chaman jura parce qu'il n'avait prévu qu'un seul totem. N'ayant attendu qu'un seul enfant, il n'avait pas préparé sa magie pour davantage.

Comme j'avais été la première à paraître, il m'enveloppa dans une peau de lièvre, cala un crâne de lièvre dans ma menotte et un petit os de patte de lièvre dans ma bouche.

– Et pour le garçon ? demanda Mère.

Le prêtre secoua la tête.

– Les dieux n'ont pas vu l'autre.

– Mais il sera roi un jour ! s'écria Père.

– Peut-être dit le prêtre. Mais il le sera sans totem.

– Cela ne peut être ! protesta Père. J'ai mon corbeau ! Mon frère a son renard ! Chacun doit posséder un totem. Surtout un roi !

Et là, nous raconta-t-on, le prêtre prit un long temps de réflexion, disputant avec lui-même.

Il considéra le duo que nous formions à nous agiter sur le tapis mouillé, et parla :

– En lieu et place, vous devez lui donner un nom fort. Donnez-lui un nom des anciennes légendes. Des sagas. Un nom de vigueur. Un nom d'éternité. Un nom doté d'un sens puissant. Appelez-le Eirik : fort à jamais. Le Roi Unique, ce sera suffisant pour le protéger. Non seulement dans cette vie, mais dans ses vies à venir.

Ce ne fut que plus tard, un peu plus tard, que naquit la discorde.

Tor déclara que Eirik et moi étions ses enfants. Il affirmait que c'était lui, et non Wulf, qui les avait engendrés dans le ventre de notre mère.

Il exigeait réparation, il exigeait que nous lui soyons remis, et il se moquait de qui il insultait ou l'honneur de qui il bafouait pour obtenir satisfaction.

Finalement, il fut banni de l'île, pour non moins de trois ans.

On l'emmena à la faveur d'un départ sur les mers, au dernier quartier de la Lune Feuillage, on l'emmena pour l'abandonner au point le plus éloigné de la traversée.

Jamais on ne le revit.

Sept années passèrent et jamais on ne le revit.

Et puis, lors de cette campagne-ci, voilà qu'il était apparu, découvert dans les paysages soleilleux de la grande terre lointaine, la peau hâlée, dépourvu de barbe ; il avait exigé son retour à Bloed.

Les hommes avaient refusé d'abord, mais l'honneur leur enjoignait d'obéir, et ainsi avaient-ils ramené notre oncle sur son île natale. Notre oncle ? Notre père ?

7

Le fil des jours se fit pesant et épais.

Durant ses brèves apparitions quotidiennes, la lumière était grise et menaçante, tandis qu'une violence à venir prenait racine sous les neiges.

Elle était invisible mais on la sentait, et elle croissait.

Très bientôt, elle surgirait du sol.

Eirik et moi nous raccrochions l'un à l'autre.

– Que va-t-il se passer ? lui chuchotai-je un soir.

Nous étions dans notre lit, dans la petite pièce derrière la maison longue. Nos parents dormaient profondément, de l'autre côté de l'âtre, mais Eirik et moi étions pleins d'interrogations et de crainte.

– Pourquoi ne se parlent-ils pas ? murmura Eirik en retour.

C'était la vérité. Mère et Père ne se parlaient pas.

Tor arpentait désormais le village comme s'il en était le chef, et non Père. Certains ricanaient sur son passage, d'autres lui prenaient amicalement la main, et ainsi la division allait-elle croissant dans la communauté, de pair avec le silence et la rumination.

Eirik et moi frissonnions, tremblions, attendions qu'il se passe quelque chose ; nous n'eûmes pas longtemps à attendre.

⁂

Un soir, la violence qui avait crû entre Père et Tor éclata.

Pendant le repas, alors que nous étions assis et mangions en silence, les portes s'ouvrirent et Tor apparut.

J'entendis mon père dire : « Prononce son nom et il n'est jamais loin. »

Des têtes se baissèrent, d'autres se levèrent.

Des mots furent murmurés tandis que Tor, une fois encore, contournait les tables pour venir se planter au centre, à proximité du feu.

Il faisait face à Père. Sans nous regarder, il tendit le bras dans notre direction.

– Cette progéniture est mienne, déclara-t-il. Elle est le fruit de ma semence, elle me revient de droit. Ces enfants m'appartiennent.

Père se mit debout.

À présent, tous les regards étaient levés, toutes les mains se crispaient.

Mon père fit le tour de la table par le milieu de la vaste salle, et marcha jusqu'à Tor, jusqu'à ce que leurs orteils se touchent.

Il ne dit qu'un seul mot à Tor, mais nul ne saurait jamais quel était ce mot tant il l'avait prononcé bas.

Puis ils se jetèrent l'un sur l'autre.

Je ne pus voir qui frappa le premier tellement ce fut rapide, et c'était sans importance car bientôt ils ne furent plus qu'une seule bête qui roulait dans la poussière.

D'ordinaire, devant pareille empoignade, on aurait entendu des clameurs, des cris d'encouragement, des coups de poing vaillamment assénés aux tables.

Pas cette fois. Cette fois-là, ce fut le silence, seulement rompu par les sanglots de notre mère et les grognements des lutteurs.

Je cherchai la main d'Eirik, lui chercha la mienne, au moment où les mains de notre père et de notre oncle s'agrippaient mutuellement à la gorge.

Cela ne dura pas longtemps.

Tandis qu'ils roulaient et grondaient, je me demandai pourquoi c'était notre père, plus âgé que son frère de plusieurs années, qui paraissait le plus jeune. Sa peau était plus jeune, son dos plus droit, ses bras plus puissants.

Et ses mains.

Il était maintenant à califourchon sur Tor. Comme à cheval. Même dans ce moment affreux, je me rappelle avoir pensé qu'on aurait vraiment cru qu'il montait un cheval.

Mais non, il chevauchait un homme, et alors que je tripotais le lièvre sculpté qui ornait ma gorge en pendentif, les doigts de Père se refermaient sur la gorge de Tor, et serraient.

Ils serrèrent jusqu'à ce que le sang quittât ses phalanges, aussi eût-on dit des mains toutes faites d'os, des mains de squelette qui s'étrécissaient et s'enfonçaient dans le cou de Tor.

Les yeux de Tor s'ouvrirent grand, sa bouche s'ouvrit grand.

Ses jambes ruaient sur la terre battue, ses bras en revanche étaient immobilisés contre ses flancs par les jambes de Père.

Les talons de Tor avaient creusé dans le sol des sillons furieux.

Et puis ils s'immobilisèrent.

Plus rien ne remua.

Personne ne bougeait ni même ne respirait.

Pour finir, lentement, Père modifia sa position et ses mains lâchèrent la gorge de son frère. Il se rassit lourdement, de nouveau comme il eût monté un cheval.

Les yeux dilatés de Tor fixaient le plafond, sans rien voir.

Ils ne pouvaient plus rien voir désormais, pas même les larmes qui ruisselaient sur les joues de son frère.

8

Alors vint le commencement des prodiges sur l'île de Bloed !

On enterra Tor aux confins de la longue prairie, dans une sépulture à quelque distance des autres, néanmoins dans le respect des rites car, après tout, il était de sang royal.

S'ensuivit calme et silence, une paix de quelques jours durant lesquels tomba une neige nouvelle qui recouvrit prestement la terre nue et les pierres de la tombe de Tor, alors il sembla que nous avions été bénis.

Bénis car nous pouvions respirer à nouveau, laisser le sang derrière nous et respirer à nouveau, bénis.

Or, nous n'étions nullement bénis et le sang était encore à venir.

Je ne me rappelle pas ce qui se produisit en premier.

Si ce fut un chien ou si ce fut une vache.

Si. Je me souviens à présent. Étrange comme réemprunter le chemin du souvenir apporte une fois de plus et l'ombre et la lumière sur certains détails.

Un jour, quelqu'un arriva à la maison longue en portant la dépouille d'un chien.

– Il a tourné fou et s'est mis à mordre le bétail. J'ai dû lui briser les reins avec une bêche pour qu'il arrête.

Ce fut le premier.

Le lendemain, le troupeau de bestiaux se mit à pousser un long beuglement, une plainte terrible, un son épouvantable, comme quand la vache met bas, bien que la Lune Vêlage fût depuis longtemps passée, de l'autre côté des ténèbres hivernales.

Le mugissement montait et retombait, monta et retomba tout le jour, jusqu'à ce que nous nous rendions dans la prairie, où nous vîmes que toutes les vaches étaient rassemblées dans la parcelle la plus proche du tombeau de Tor.

Mon père parla.

Il leva la main vers un bouvier, un jeune garçon.

– Manni, dit-il, emmène-les. Conduis-les dans un autre enclos. Là-bas. Fais-le maintenant.

Manni fit ce qu'on lui avait commandé, manquant d'être piétiné par les bêtes tant elles se pressèrent pour passer d'un clos à l'autre. Une fois installées dans la nouvelle parcelle, elles devinrent plus tranquilles, quoique de loin en loin un long meuglement montât du troupeau, plainte qui fendait la nuit noire pour venir nous hanter.

⁂

Au matin surgirent les prémices du sang.

Un autre chien était mort, mais cette fois ce n'était pas de la main de son maître.

Il s'agissait d'une femelle. On la trouva à proximité du tas de fumier, la gorge ouverte, vidée de son sang.

Père ordonna que le cadavre fût brûlé et non jeté au fumier.

Eirik et moi nous regardions, les yeux exorbités.

– Pourquoi fait-il cela ? me chuchota Eirik.

J'inclinai la tête sur le côté.

– Je ne sais, frère. Mais j'ai peur.

Eirik me prit la main, et la courte journée s'écoula, mais à la tombée de la nuit, on recensa deux autres phénomènes étranges.

On découvrit que le poisson séché dans le beurre était en train de pourrir, le beurre avait ranci.

Mais ce n'étaient là que présages, de simples augures, le pire était à venir.

Ce fut cette même nuit que des gens affirmèrent avoir vu une silhouette se déplacer furtivement dans les longues prairies. Une silhouette robuste, de haute taille, au visage sombre.

Ils disaient qu'il s'agissait de Tor.

⁂

Ce matin-là, tandis que nous bataillions pour chasser les mauvais rêves de nos têtes, Eirik et moi fûmes réveillés par un hurlement.

Nous courûmes dehors et vîmes le cadavre d'une vache, une vache entière, étripée et sanglante, couchée dans le sentier devant la maison longue. Un chemin de sang menait jusqu'à elle.

Des voix criaient, gémissaient, marmonnaient.

– Qui a fait pareille chose ?

– Qui pourrait faire pareille chose ? La bête est lourde ! Qui aurait pu la porter jusqu'ici ?

Puis il y eut un nouveau hurlement.

– Regardez ! Oh ! Regardez !

Alors tout le monde se rassembla sur le côté de la maison longue, sur lequel étaient écrits des mots.

Le tracé en était tremblant, gigantesque, affolé, et les mots étaient inscrits avec le sang de la vache massacrée.

– Qu'est-ce que ça dit ? demanda une personne qui ne savait pas lire.

Nul n'osa déchiffrer le message à voix haute.

C'était trop affreux, et cependant Eirik et moi comprîmes le sens de l'inscription, car nous étions instruits.

Je veux mes enfants.

Rien d'autre.

9

Les jours raccourcirent encore et les nuits s'allongèrent, nous enserrant pareillement à une corde autour de la gorge.

Les prodiges se multipliaient.

N'importe quelle bête qui s'approchait du tombeau de Tor tournait folle, et il fallait se résoudre à l'abattre.

Les apparitions de la sombre silhouette devinrent courantes, quoique nul ne vît réellement Tor en face au point de pouvoir affirmer qu'il s'agissait de lui. Mais il se disait qu'il se déplaçait telle une ombre entre granges et maisons, ici à un moment, disparu l'instant suivant.

On trouva deux autres bêtes égorgées et vidées de leur sang.

La première était un chien.

La deuxième un lièvre d'hiver.

Lorsque je le vis, quelque chose me perça le cœur, une écharde de glace qui, malgré l'affection d'Eirik, ne s'en délogea plus.

Je connaissais sa signification.

⁂

Deux jours plus tard, comme nous revenions des bateaux de pêche en début de soirée, un hurlement nous parvint depuis la maison longue.

Nous étions douze, et sans peur ; nous courûmes vers la grande salle, arrachant presque les portes de leurs gonds.

Nous trouvâmes Sigrid l'ancienne qui hurlait et hurlait.

En nous voyant, elle tomba à terre et fit silence.

Nous comprîmes ce qui l'avait épouvantée.

Un corps était couché sur la terre battue. Un cadavre humain cette fois, une jeune fille nommée Bera. Et Tor était tapi, ramassé sur le corps de Bera.

À notre arrivée, il leva la tête, et nous vîmes le sang qui dégouttait de ses lèvres, le sang qu'il venait de boire à la gorge de Bera. Il se redressa et tendit le doigt dans notre direction.

Vers Eirik, veux-je dire. Et vers moi.

Et alors il parla, d'une voix épaisse, engluée dans le sang qu'il continuait de déglutir.

– Je veux mes enfants.

Il marcha vers nous.

Père et quelques autres furent prompts à s'emparer de bûches rougeoyantes dans l'âtre et à les agiter devant Tor, pensant que le feu ferait reculer le mal, et il parut qu'ils avaient raison.

Tor cria tel un goret qu'on égorge, et soudain ne fut plus là.

Il avait disparu — nous ne sûmes pas comment, à croire qu'il avait bougé si vite que nos yeux n'avaient pu le suivre.

– Nous dormirons tous ici ce soir, annonça Père. Ainsi nous serons en sécurité.

Nous fîmes ainsi qu'il avait décidé, mais il se trompait.

Nous n'étions pas en sécurité. À notre réveil, un autre enfant du clan, un garçon nommé Jon, avait disparu, alors même qu'il sommeillait parmi nous.

10

Au matin, personne ne nous regardait.

Eirik et moi.

Les gémissements, les cris, les lamentations devenant insupportables, nous sortîmes dehors, et trouvâmes Père en compagnie de Leif et de quelques autres hommes, les plus robustes et les plus vaillants.

– Le temps nous est compté, dit Père. Quelques maigres heures de jour pour mettre un terme à cela.

Les hommes abondèrent.

– Mais comment ? s'enquit l'un. Comment allons-nous tuer ce qui est déjà mort ?

Père grogna.

– Il existe les anciennes manières, dit-il. Les anciennes voies narrées dans les sagas. N'est-ce pas ainsi, Leif ?

Leif opina.

– C'est la vérité. Il ne nous reste qu'à croire qu'elles feront leur œuvre pour nous, ici, aujourd'hui.

– Alors, que faisons-nous ?

– Que faisons-nous ? répéta Père. Nous allons rendre visite à Tor. Voilà.

Aussi nous partîmes pour la longue prairie. Eirik et moi étions contents de marcher avec les hommes car, à mesure que nous nous éloignions, nous entendions les villageois marmonner et nous accabler.

– Ce sont eux qu'il veut. Il ne s'arrêtera pas avant de les avoir obtenus.

Nous arrivâmes à la prairie.

La couche de neige était épaisse sur le sol et chacun se demandait comment Tor parvenait à sortir la nuit et se déplacer sans laisser une seule empreinte. Nulle part.

– Il est devenu démon à présent, dit Père. Qui sait ce qui est hors de sa portée ? Suffit ! Creusons !

Les hommes se mirent au travail, écartant d'abord la neige de la sépulture, ensuite la terre éparse, après quoi, formant une chaîne humaine, ils ôtèrent une à une les grosses pierres.

Une fois le pourtour enlevé, ne restait qu'à soulever la large dalle plate qui fermait le tombeau.

– Wulf... ? commença l'un des hommes.

Les autres reculaient. Une peur des instants à venir s'était insinuée en nous tous.

– Que faisons-nous ?

– Et si... ?

Père se planta sur le couvercle de pierre. Et frappa du pied.

– Quoi qu'il y ait là-dedans, quoi que ce soit, il ne s'agit pas de Tor. Ce n'est plus lui. Et présentement, à la lumière du jour, la chose ne peut rien contre nous. Alors, cessez de ronchonner et aidez-moi à soulever cette pierre. Pour le salut de nos enfants !

Le couvercle fut ôté, et là, dans la tombe, gisait Tor.

C'était un autre prodige : son corps ne s'était pas décomposé. Il avait l'air de dormir. Rien d'autre.

Sauf qu'il avait du sang aux commissures des lèvres.

Père se tourna vers Leif.

– Tu les as apportés ? demanda-t-il.

Leif s'avança, portant une besace de cuir.

Père la lui prit des mains, en sortit un énorme marteau ainsi que deux gros pieux taillés dans de l'aubépine de l'île ouest.

Nul n'aida mon père.

Il s'agenouilla, pour finir ce qu'il avait commencé.

Il planta le premier pieu au milieu de la poitrine de Tor, l'enfonçant profond, profond à coups de marteau, jusque dans le sol.

S'emparant du second, il le dirigea vigoureusement dans la bouche de Tor, entre ses lèvres qui s'ouvrirent pour recevoir l'offrande. On entendit un crissement et un craquement d'os, mais Père ne cessa de manier le marteau que lorsque seule l'extrémité du pieu pointa de la bouche de Tor.

Père se redressa.

– Essaie de vadrouiller maintenant, marmonna-t-il.

Il se détourna pour partir.

– Venez, les enfants.

Puis, aux autres :

– Recouvrez-le. Exactement comme c'était. Ensuite, oubliez cet endroit.

11

Comment passèrent ces jours, je n'en ai pas la moindre idée.

Même mon voyage en resouvenance ne peut me ramener à cette nuit qui fut la plus obscure des nuits obscures.

⁂

Trois jours s'étaient écoulés, de cela il m'en souvient.

Trois jours, trois nuits sans aucun événement malheureux, et il semblait que les anciennes sagas disaient vrai. La manière d'arrêter un revenant était bien de l'immobiliser au sol, si possible avec des pieux d'aubépine magique.

Très lentement, la vie reprenait son cours et ses droits, mais tout se brisa de nouveau.

Il avait neigé, une neige fraîche, neige encore et toujours.

Et dans la neige, une nuit, on trouva Matilda.

Sa gorge n'était plus qu'une béance et presque tout son sang lui avait été ravi.

⁂

Il était tard quand nous allâmes nous coucher, Eirik et moi, nous tenant par la main comme à l'accoutumée.

– Quand cela s'arrêtera-t-il, Melle ? me chuchota Eirik dans l'obscurité.

– Endormez-vous, les enfants, dit Mère à l'autre bout de la pièce.

Père se leva, se campa près du feu, le glaive à la main, nous tournant le dos. Il tisonna l'âtre avec la pointe de son épée, perdu dans ses pensées.

– Je l'ignore, Eirik, dis-je très bas, chuchotant à l'oreille de mon frère afin que lui seul m'entendît. Mais j'ai peur. Et toi ?

Eirik ne répondit pas.

Quelque part dehors, dans les ténèbres, Tor rôdait.

Il nous cherchait.

Moi et Eirik.

⁂

Ç'avait toujours été sa façon de faire. Ses outils étaient ses mains, ses bras, ses jambes. Ma façon était de penser, la sienne d'agir.

Quand je m'éveillai au matin et découvris que sa main n'était plus dans la mienne, je sus sur-le-champ ce qu'il avait fait.

Je pouvais l'imaginer attendant que même Père fût endormi, je pouvais l'imaginer quittant notre lit de fourrure et de foin, se mettant debout.

Je pense qu'il ne prononça pas un mot avant de s'en aller.

Sa façon était d'agir, point de parler.

Mais je pense aussi qu'il dut s'immobiliser un moment pour me regarder, un doigt entortillé dans mon collier au lièvre, après quoi il se glissa hors de la maison, dans l'obscurité. Il me laissa, seule.

Il n'a dû marcher qu'un petit moment, et puis, rencontrant Tor dans les sentiers, il lui a pris la main, a fait demi-tour et s'est mis en route, en direction de la sépulture aux confins de la longue prairie.

Cela aurait pu ne pas se passer de la sorte. Tor aurait pu ne pas se satisfaire de cette issue, mais il parut que Eirik avait raison. Tor se contenta, au bout du compte, de s'octroyer un seul d'entre nous, un des deux enfants, qui était peut-être son neveu, peut-être son fils.

Les prodiges cessèrent, et les meurtres, et les apparitions.

Je pense souvent, pourtant, à ce tombeau, là-bas, dans la longue prairie.

Certainement à présent, certainement à présent que je suis une vieille femme qui cessera bientôt de conter des histoires pour s'en aller de l'autre côté du sommeil, certainement que ces corps sont devenus ossements.

J'aime penser à ces squelettes.

Le plus grand berçant le petit au creux de ses bras.

Père.

Et fils.

Septième partie

SANG D'HIVER

Époque inconnue - La Lune Sanglante

LA GLORIFICATION DE L'ÉLU

Les tambours battent.

Les cors mugissent.

Le moment est venu.

⁂

La Lune Sanglante scintille haut dans le ciel de nuit perpétuelle, au-dessus du temple. C'est un triple présage.

La lune pleine.

Le solstice d'hiver.

Une éclipse lunaire, qui nimbe l'astre d'un rouge menaçant.

Sa lumière crue tombe sur les corps contorsionnés, une lumière assez forte pour illuminer la scène, mais sans couleur. La couleur émane des torches qui flamboient de toutes parts, dans les mains des guerriers, sur les murs du temple.

L'éclat dansant des torches se reflète sur les pointes des lances et les pommeaux des glaives ; scintillement de métal et d'or. L'or resplendit partout, jusque sur les ornements des deux cornes courbes dont le son semble venir de très loin alors qu'elles lancent leur cri lugubre au premier rang de la foule.

Leur beuglement est à la fois assourdissant et contenu, une plainte nasale haut perchée qui ne peut être destinée qu'à réveiller les esprits des ancêtres. Les joueurs de cor sont deux jumeaux, Ari et Arni, l'éclat des torches fait chatoyer leurs barbes blondes tandis qu'ils dressent le menton vers les cieux. Ils sont vêtus de longues robes bleu nuit, leurs coiffes également bleues étroitement ajustées sur leur crâne leur couvrent presque les yeux car ils n'ont pas besoin de voir. Pas encore.

Le gémissement aigu de leurs cors courbes est soutenu par le sourd mugissement des trois énormes cors droits, faits d'un os couvert à la feuille d'or ; les joueurs, trois hommes habillés de longues robes blanches, cambrent les reins pour projeter loin dans le ciel noir chaque rugissement.

Du chant des cors, les trois droits et les deux courbes, semble de prime abord résulter une cacophonie mais, peu à peu, la répétition d'un motif musical complexe repris en canon par chacun des cinq musiciens finit par jeter l'auditeur dans un état proche de l'hypnose, c'est le résultat recherché. Car ce qui est sur le point de se produire nécessite une transe collective.

Derrière les cinq joueurs de cor viennent sept danseuses, en robes bleues galonnées et coiffes rouges tressées, costume qu'elles portent pour célébrer les naissances, les unions, les décès.

Se tenant les unes aux autres par leurs doigts entrelacés, elles se tordent et se contorsionnent, rendues déjà à moitié folles par la musique et à moitié folles par la peur. Des émotions violentes leur creusent le visage ; terreur et extase se mêlent sur leurs lèvres, brillent intensément dans leurs pupilles.

Devant les musiciens, deux petits vieillards s'agitent eux aussi dans une danse démente. Vêtus de peaux et chaussés de bottes de fourrure, ce sont les chamans ; leurs regards fixent aveuglément le lointain, parce qu'ils ne voient pas en ce monde-ci, ils voient les autres mondes.

De l'or, une débauche d'or.

Les boucliers des guerriers rutilent, avec leurs orbes chatoyants ; au sommet des casques de cérémonie scintillent les miniatures en métal précieux : le sanglier, le renard, le corbeau, l'aigle, les cornes dorées d'un taureau.

Les guerriers marchent solennellement, sept en première ligne, le même nombre que les danseuses, les autres viennent plus loin derrière, comme s'ils conservaient leurs distances.

De l'or encore, sur les murs du temple ; l'ornementation au-dessus du porche illustre des scènes tirées des récits anciens, on reconnaît également les chevaux cabrés des ancêtres.

D'or sont les chiens monumentaux, plus semblables à des dragons, qui sont assis au sommet des piliers de part et d'autre de la porte.

D'or sont les épis de faîtage qui ourlent la crête du toit, les chapiteaux des colonnes, d'or aussi les choses qui pendent dans l'unique arbre à feuillage persistant planté à l'extérieur du temple.

Si l'on regarde de plus près ces objets qui pendent, on constate qu'il s'agit de trois crânes, dorés à la feuille d'or. L'un est un crâne de poulain, les deux autres sont humains.

⁂

Il est encore un élément qui brille de tout son or : le traîneau sur lequel le roi Eirikr est conduit vers la table en pierre.

Quatre hommes, deux devant et deux derrière, tirent et soulèvent le véhicule à patins, le faisant progresser par saccades dans la neige épaisse et inégale. Il ne leur reste que quelques pas à parcourir, Eirikr sera arrivé.

Les deux derniers personnages de la cérémonie l'attendent.

Thorolf. Le sage.

Tout de blanc vêtu, chevelure blanche en désordre, longue barbe blanche, un de ses yeux blanc lui aussi. Son autre œil, le bon, darde son éclat vers le sol, il attend le traîneau.

Au-dessus de sa tête, il brandit le marteau d'or des dieux.

Il porte au cou le symbole de la fleur sacrée car, disciple de ce culte comme Eirikr, il vénère et consomme la fleur magique aux trois pétales extraordinaires, en forme de tête de dragon.

Le symbole est une espèce de griffe à trois pointes, une pour chaque pétale de la fleur dragon.

L'ultime personnage.

L'exécuteur.

Désigné par tirage au sort d'un caillou au fond d'une marmite, nul hormis les guerriers ne sait qui il est ; il est celui qui a tiré la pierre noire parmi les trente pierres blanches.

Vêtu entièrement de rouge, le visage dissimulé sous une capuche rouge, il se tient debout, tête baissée.

Il n'est qu'un pilier d'étoffe rouge comme le sang qu'il s'apprête à répandre.

Si toutefois l'on regarde de plus près, quelque chose fait saillie qui rompt la régularité du pilier : son avant-bras, et une main, et dans cette main, la droite, on découvre une mince et longue lame courbe très aiguisée.

Le traîneau est près d'arriver.

Le roi Eirikr se lève du trône doré sur lequel on l'a transporté.

Il est couvert d'une ample pelisse en renard et voilà que, en même temps qu'il se lève, il dénoue le lacet qui fermait la pelisse autour de son cou et laisse la fourrure glisser au fond du traîneau.

Il est nu, pourtant il ne sent ni le froid de la nuit ni la rigueur de l'hiver. Son sang bat dans ses veines. Il lève le menton vers le ciel, d'un air de défi.

Il est nu à l'exception de l'étroit bandeau doré qui lui ceint le crâne, ornement à triple motif, autre symbole de la fleur culte dont, même en ce moment, les vertus magiques abreuvent généreusement ses veines, mêlées au flux de son sang encore chaud.

⁂

Dans une orchestration de génie, il y a toujours un moment de silence précédant la violence et le vacarme de l'acte.

Avant la bataille, quand l'armée entière suspend son souffle.

Avant que le plongeur se jette à l'eau.

Avant la tempête, le calme dans lequel on entend un unique chant d'oiseau.

Avant les douleurs de l'enfantement, le bref répit entre les contractions.

Avant que tous les autres instruments se précipitent dans un maelström, le faible et ténu accord des bassons.

Avant que la glace ne se brise, avant que l'arbre ne tombe, avant que le glaive ne frappe.

Cela peut n'être qu'un moment infime, mais cet instant peut aussi se dilater, enfler et croître, peut envahir le monde alentour par sa puissance, jusqu'à s'étirer pour une éternité.

⁂

Et il en va ainsi pour Eirikr.

Il arrive.

Les cors se taisent, les danseuses s'immobilisent, les guerriers cessent de marcher et, dans cet immense espace de silence soudain, fusent deux notes discrètes mais discordantes, le soupir d'un flûtiau peut-être, venues de l'intérieur du temple.

Dans ce silence apparaît, trébuchant, le personnage qui manquait jusque-là.

La reine.

Bousculant les autres femmes en dévotion, elle se précipite en avant, s'écroule dans la neige, où elle reste couchée, le visage dans les mains, incapable de faire taire la plainte gutturale qui monte dans sa gorge.

LE BAISER DE LA TERRE

Ce fut là, dans la maison longue, que le sacrifice se décida.

Eirikr avait regardé son peuple, sur les visages il avait lu la peur et l'espoir et la défiance et le doute et la colère.

Il les reconnaissait pour telles.

⁂

Trois années durant, les récoltes avaient fait défaut.

Trois années durant avaient régné la disette, la famine, la maladie.

Ils avaient sacrifié maintes bêtes, deux hommes également avaient été immolés sur la table de pierre, leur sang destiné au même office que les poulains et taureaux qui les avaient précédés.

Cela n'avait servi à rien.

Rien ne poussait, hormis la fleur, et nombreux étaient ceux qui refusaient d'y toucher, quelles que fussent ses prétendues vertus. Aussi les gens souffraient de la faim, s'affaiblissaient, et, devenus faibles, les guerriers n'avaient plus été capables de vaincre au cours de leurs raids sur les mers, ils étaient rentrés non seulement bredouilles mais avec un bateau manquant, à chaque campagne.

Tant d'hommes perdus, tant de femmes privées d'époux, tant d'enfants mourant de la peste qui s'introduit dans les maisons des hommes quand les temps sont durs.

⁂

Un poulain, un homme ?

Un roi ?

Quelle différence cela fait-il ? s'interrogeait Eirikr, et néanmoins il connaissait les lois, lui-même avait contribué à les instituer durant son long règne.

Il avait vécu une longue vie, c'était la vérité.

Il le devait à la fleur, croyait-il. Oui, il le croyait, comme Thorolf, comme les autres adeptes du culte, et bien que tous les membres du clan croient dans les mêmes dieux, ce culte particulier de la fleur créait des dissensions au sein de la communauté.

C'était une chose sacrée que boire la potion extraite des pétales de la fleur dragon, fleur qui continuait de pousser en abondance dans l'île ouest, à l'inverse de toutes les autres cultures qui avaient séché sur pied — le blé, les pommes, même le foin pour le bétail.

Dorénavant, il n'y avait plus de bêtes, toutes depuis longtemps tuées et, si l'on avait pu faire durer un temps la viande séchée, il n'en restait plus. Toutes les vaches y étaient passées, tous les taureaux, tous les chiens, tous les chevaux à l'exception de l'étalon noir du roi.

Eirikr avait longtemps vécu, en buvant le dragon, et néanmoins, malgré les années et malgré ses trois épouses, il n'avait pas eu d'enfant.

Il n'y avait personne pour lui succéder.

Il ne laisserait personne derrière lui, personne hormis Melle, bien sûr.

Il tourna la tête dans sa direction ; elle était assise auprès de lui, sur son trône.

Elle semblait fixer le mur sombre du fond de la salle, elle ne voyait rien.

Il regarda ses mains, les os apparaissaient blancs sous la peau tellement elle serrait fort les accoudoirs de son siège. Ses lèvres ne formaient qu'une mince ligne livide, sa tête entière tremblait, les ligaments du cou tendus comme des cordes.

Il savait qu'elle ne comprenait pas, qu'elle ne comprendrait jamais, cette troisième et jeune épouse.

Ses deux premières compagnes mortes depuis des décennies, ce n'était qu'avec Melle qu'il avait ressenti la paix, éprouvé une pareille joie, brûlé d'un tel amour, et bien qu'elle fût plus jeune que lui, sans doute était-elle désormais trop âgée pour enfanter.

Cela n'importait guère. Il avait cru autrefois qu'il engendrerait un fils, désormais il savait qu'il y aurait lutte pour sa succession, une bataille entre les trois plus vigoureux de ses guerriers, et il savait déjà qui l'emporterait.

Gunnar.

Le loup.

Celui-ci n'avait jamais feint de souhaiter autre chose que diriger le peuple quand le temps serait venu pour Eirikr de laisser la place.

Voilà que ce temps était venu, un peu plus tôt que prévu, et Gunnar ne parvenait pas à cacher sa satisfaction. Lui, en dépit des souffrances qui les tenaillaient tous, parcourait chaque jour le village à grands pas comme s'il en était déjà le seigneur, sa barbe noire fière, la main à l'épée comme s'il partait en guerre — chose, pensa Erik avec mépris, que Gunnar n'avait jamais faite.

Certes, Gunnar avait participé aux incursions, mais piller des paysans quasiment sans défense de l'autre côté des mers n'était rien comparé au fait de marcher en première ligne vers la bataille.

Peu importe. Gunnar serait le prochain roi, Eirikr s'en doutait, car il avait déjà intimidé chacun au village, guerrier ou femme de même façon.

Eirikr se mit debout.

Les conversations, les chuchotements, les cris, les pleurs s'étaient tus à présent.

Eirikr n'avait jamais été avare de paroles pour son peuple, jamais par le passé. Jamais quand les récoltes s'épanouissaient sous le soleil et la pluie d'été, ni quand les raids avaient été fructueux ou quand les enfants venaient aisément au monde et grandissaient heureux.

Il n'avait pas davantage été à court de mots dans les périodes de manque, ou quand un guerrier était tombé, ou quand une bataille avait été remportée à grands frais.

Et pourtant, maintenant, promenant le regard sur les visages muets de son peuple, il ne savait quels mots employer.

Mon temps est fini.

Que puis-je dire à ces gens désormais ?

Je ne puis rien dire à ma reine, qu'irais-je leur dire, à eux ?

Leur histoire continuera sans moi, avec Gunnar pour les guider vers l'avenir, quel qu'il soit, qui les attend. Et puissent les dieux leur venir en aide à tous.

Eirikr contempla sa reine pour la dernière fois, et parmi les milliers de souvenirs qui les liaient, un seul se glissa dans son esprit : une image d'eux se baignant ensemble en été, au sud de l'île. Ils aimaient s'amuser à rester sous l'eau aussi longtemps qu'ils en étaient capables, luisants et souples comme des phoques, avant de resurgir à la surface, aspirant l'air à grandes goulées et riant aux éclats.

L'image disparaît à peine arrivée.

Il lève une fois encore la tête vers son peuple.

Ils attendent qu'il prenne la parole, alors il s'y résout.

– Eh bien, dit-il, si bas que seuls l'entendent ceux placés devant, il en va ainsi.

LE SACRIFICE

L'essentiel quand on meurt c'est ce bref silence, avant la violence suprême.

Silence déchiré par Melle, dont le corps ne peut contenir plus longtemps la rage et le chagrin.

Elle ne se soucie plus d'être reine.

Elle sait seulement qu'elle aime son époux et ne peut supporter de le voir mourir.

Elle tâche de se mettre debout, elle progresse péniblement dans la neige, mais retombe aussitôt. Ses jambes ne lui obéiront plus, elle a perdu toute force, et maintenant elle tente de ramper vers l'avant dans la neige glacée, sa robe verte malmenée dessine dans son douloureux sillage une traîne désordonnée.

※

Thorolf adresse un signe à deux des femmes, qui s'avancent et saisissent Melle par les bras alors qu'elle essaie à nouveau de se redresser.

Elle tourne vers chacune un regard éperdu mais les femmes ignorent cet appel muet. Leurs visages affichent une sombre détermination, et ce sont des femmes robustes, leurs doigts s'enfoncent dans la chair douce de la même façon que la glace hivernale empoigne le port, et Melle succombe à leur autorité, haletante.

Eirikr tourne la tête vers elle. Il distingue mal. Il a inhalé la fumée des tiges de fleur dragon en sus de boire l'élixir de pétales, il a l'esprit embrumé.

Sa reine, pense-t-il.

Rien d'autre.

Sa reine.

Il ne ressent pas le froid qui pourtant mord partout sa peau nue.

Il lève la tête vers la lune, la Lune Sanglante, et il prie pour que sa mort secoure son peuple. Il n'est plus certain qu'il en ira ainsi, pas après les autres offrandes dont les crânes pendent dans l'arbre qui ne se dépouille jamais de ses feuilles, mais il n'a confié son doute à personne car il sait que son peuple n'ayant dorénavant plus rien, ne lui reste que ce lambeau de foi et d'espérance.

Sans le secours des dieux, ils seront morts avant la prochaine lune.

Il descend du traîneau, abandonnant à ses pieds la pelisse de renard dans la neige boueuse.

Devant lui se dresse la table en pierre, qui l'attend, une simple grande pierre plate rectangulaire soutenue aux quatre coins par des piliers trapus auxquels attacher les victimes récalcitrantes.

Du centre du plateau part une profonde et large rainure qui aboutit à un dégorgeoir, lui aussi grossièrement taillé. La pierre s'est teintée dans ce sillon d'une couleur rouille sombre, trace séchée des sangs versés, et Eirikr songe que d'ici un moment le goulet guidera de nouveau un ruisseau vif et chatoyant.

Il en va ainsi, se dit-il.

Il regarde Thorolf dont l'expression est aussi froide et indéchiffrable que l'autel sacrificiel.

Thorolf fait un signe de tête imperceptible, Eirikr monte sur la table et écarte largement les bras.

Il ressent vaguement le froid à présent, pour la première fois. Il fait un tour sur lui-même, embrassant du regard la totalité de ce qui l'entoure, ce que verront pour la dernière fois ses yeux.

Lentement, il s'agenouille, puis s'allonge à plat dos sur la table.

Les gémissements de Melle deviennent des râles, et elle se met à batailler furieusement contre les mains qui l'entravent.

Thorolf fait signe à un guerrier qui tient en main un marteau, alors l'homme entreprend de fendre la foule afin de s'approcher de Melle.

Couché sur la pierre, Eirikr regarde le ciel nocturne, contemplant la multitude d'étoiles qui scintillent au-dessus de lui.

Quelle vie, se demande-t-il, mènent les hommes là-haut ?

Que font-ils ?

Quelles sont leurs croyances ?

Que voient-ils ?

Est-ce qu'ils me voient ?

Il s'interroge sur eux, ces vies nombreuses qui ont été et qui seront, il se demande pourquoi elles ne sont pas toutes semblables, pourquoi elles sont ce qu'elles sont. Il ne se peut, pense-t-il, qu'une fois le cours de notre vie achevé, il n'y ait plus rien. Il doit exister quelque chose au-delà, non ?

Car nous ne sommes pas qu'un, mais une multitude.

– Maintenant, dit Thorolf, et il désigne l'exécuteur.

La silhouette en rouge a conservé jusque-là l'immobilité d'une statue, tête penchée sous la cagoule rouge, couteau dissimulé sous l'avant-bras.

À présent il s'avance, en deux pas se retrouve au-dessus d'Eirikr couché sur la table en pierre, et, bien que le rituel l'interdise, l'exécuteur ôte la cagoule rouge, révélant son visage.

C'est Gunnar.

Le chien, pense Eirikr saisi d'une fureur soudaine, il a dû tricher, se livrer à quelque ruse avec les cailloux, avec le caillou noir, afin d'être le bourreau. Le chien.

– Eh bien, murmure Eirikr, on en voit les cornes.

⁂

Melle hurle. Le guerrier au marteau est près d'elle, il lève l'outil pour la faire taire.

Le marteau tombe, mais Melle, feignant un évanouissement, s'affaisse d'un côté, entraînant dans sa chute la femme qui se trouvait de l'autre. Au lieu de la tête de Melle, le marteau frappe la femme à l'épaule, elle s'écroule.

S'ensuit une confusion. Profitant du désordre, Melle se libère, les jambes à nouveau agiles, et fend vaillamment la foule jusqu'à la table.

– Eirikr ! s'écrie-t-elle, alors Eirikr se tourne vers elle.

Sa rage de voir Gunnar, alliée au froid, alliée au sang chaud qui coule dans ses veines lui redonne quelque force, et son cerveau commence à s'éclaircir.

– Melle ! rugit-il, entreprenant de se redresser. Melle !

Thorolf devine son intention. Il tient encore en main son marteau de cérémonie en or, il l'abat, d'un coup sévère.

Eirikr anticipe, essaie de parer, mais son corps est gourd, ses muscles raidis par le froid, son esprit troublé par la fleur dragon ; le marteau le frappe sur le côté de la tête.

Il s'affaisse en travers de la table, sur le flanc, encore conscient bien que Thorolf ait atteint un nerf, et même quelque partie de son cerveau puisque, quand il tente une nouvelle fois de se redresser, ses bras ne lui obéissent plus.

Ses jambes tremblent, tous ses membres sont agités de mouvements convulsifs, mais sa vision et son ouïe demeurent intactes alors que Melle vacille dans la neige sur le côté de la table.

– Eirikr ! hurle-t-elle. Non !

Mais Eirikr sait qu'il est trop tard.

Gunnar s'avance de nouveau, d'autres mains s'emparent déjà des bras de Melle.

Eirikr parle.

Il regarde Thorolf puis Gunnar, et fort de la magie du dragon qui court dans ses veines, il prononce ses ultimes paroles.

– Vous ne pouvez pas me tuer, lance-t-il d'une voix rauque et cependant aussi puissamment qu'il le peut. Vous ne pouvez pas me tuer. Ne connaissez-vous pas mon nom ? Je suis Eirikr. Le Roi Unique ! Puissant à jamais, et quoique vous tuiez mon corps aujourd'hui, je vivrai encore ! Je *vivrai* !

Il se tourne vers sa reine, vers Melle, et sa voix se fait sourde.

– Je vivrai sept vies, Melle, celle-ci n'était que ma première.

Les étoiles scintillent au-dessus d'Eirikr, sur son corps agité de soubresauts sur la froide table de pierre.

– Je vivrai sept fois, et dans chaque vie je te chercherai. Nous serons toujours ensemble.

Gunnar brandit le couteau sur la lame duquel se reflète le clair de lune.

– Dans chacune, je te chercherai et t'aimerai. Me suivras-tu ?

Soudain, d'un grand geste circulaire qui dessine un long arc d'argent dans la nuit, Gunnar tranche la gorge d'Eirikr.

Le sacrifié n'émet plus aucun son à présent. L'air lui manque. Seules ses lèvres remuent encore, et Melle décrypte.

– Me suivras-tu ?

Le sang bouillonnant jaillit de la gorge d'Eirikr jusque sur le sol, éclaboussant aussi bien Gunnar que Melle, rendant vaine et ridicule la cannelure censée le canaliser.

La neige fume, rouge.

ÉVOCATION DES ANCÊTRES

Les années passèrent.

Melle disparut de la vue de son peuple, nul ne sut où elle était partie, où elle était allée cette nuit où ils avaient tué son roi.

Elle n'assista pas aux funérailles qu'on organisa pour le roi Eirikr, elle ne vit pas à quelle hauteur on éleva le bûcher destiné à brûler sa dépouille sur le rivage de l'île ouest.

Elle n'entendit pas les mots que prononça Thorolf, ni Gunnar après lui, louant tous deux le sacrifice de leur roi.

Nul ne sut où elle s'en était allée, ni comment elle survivait, comment elle se nourrissait, se gardait au chaud, d'ailleurs à vrai dire ils n'en avaient cure car restait un long hiver à traverser sans presque aucune subsistance. Deux bouches de moins à nourrir étaient une bénédiction.

Et voilà qu'au retour du printemps, tandis qu'herbes et fleurs commençaient de croître, que les récoltes s'annonçaient prometteuses, que dans les arbres les fruits mûrissaient, tous en vinrent à considérer que le sacrifice d'Eirikr avait réussi, qu'il les avait sauvés. Fort de cette pensée, on s'interrogea à propos de Melle, on se demanda où elle était passée, et beaucoup finirent par la croire morte, tenant qu'elle était devenue un personnage pareil à ceux des anciennes légendes.

Or, un jour, peut-être sept années après l'immolation d'Eirikr, au cœur de l'été Melle revint au village.

Les gens hurlèrent d'abord, la prenant pour un fantôme ou un vampire, puis ils se dirent qu'on était en plein jour, un jour ensoleillé.

Ils lui parlèrent.

Elle ne répondit pas.

Ils l'observaient avec un émerveillement mâtiné de circonspection. Sa robe verte en lambeaux. Elle ne semblait pas plus âgée que le jour de son départ, bien qu'elle fût maigre, qu'elle eût le cheveu terne et crasseux. Autour du cou, elle portait un collier qu'elle avait fabriqué avec des os de lièvre, ainsi comprit-on qu'elle avait pour survivre chassé le lièvre d'hiver.

On lui posa des questions, par milliers.

Elle ne répondit à personne. Pas un mot.

On lui donna une maison, à la lisière du village, une petite hutte, où elle vécut seule.

Tout le monde tenta de lui parler.

Thorolf essaya.

Même Gunnar essaya. Elle les traita tous de façon semblable, son regard les traversait comme s'ils n'existaient pas, comme si ses yeux voyaient autre chose, quelqu'un d'autre ; il en alla chaque fois de même.

Elle prenait la nourriture qu'on lui offrait, les vêtements neufs qu'on lui confectionnait, mais elle ne disait mot.

Chaque jour au cours de l'été, elle se rendait dans l'île ouest pour en revenir avec un bouquet de fleurs dragons. Lorsqu'ils la voyaient faire, les gens l'évitaient car ils en étaient venus à redouter la fleur depuis qu'on avait remarqué que ceux qui buvaient en abondance la potion de dragon étaient ceux qui se révélaient incapables de mettre des enfants au monde. Thorolf lui-même n'arborait plus le symbole à triple griffe, et à mesure que le village avait réduit sa consommation de l'élixir le plus concentré, les bébés avaient recommencé à naître. Leurs vagissements résonnaient à nouveau dans les huttes de l'île.

Donc, les années passèrent, l'une après l'autre et, lentement, tous prirent de l'âge.

Gunnar mourut avant Thorolf, tué au cours d'un raid en chutant entre deux bateaux, écrasé entre les plats-bords. On pleura son trépas car, bien qu'il eût été un individu pénible avant de devenir roi, il n'avait pas été si mauvais chef.

Quelque chose avait changé en lui, cette nuit où le sang chaud d'Eirikr lui avait aspergé le visage. Il avait fait démolir l'ancien temple et déclaré qu'il existait un nouveau dieu auquel croire, un dieu dont il avait entendu parler au cours d'un raid à l'est, un dieu qui ne réclamait ni sacrifice ni magie.

⁙

Thorolf décéda quelques années plus tard, à un âge vénérable. Melle, en revanche, continuait de vivre. Les gens vieillirent et s'éteignirent autour d'elle, et bientôt tous ceux qui connaissaient l'histoire de son roi furent morts ou eurent oublié de quoi il s'agissait.

Elle, chaque matin, même quand elle fut devenue une vieille femme à la chétive silhouette à peine valide, se rendait à pied dans l'île ouest et en revenait. Jusqu'à ce jour d'été où, au crépuscule, elle marcha jusqu'au cœur de l'île, là où se dressait toujours la table en pierre, mais où les bois d'œuvre du temple avaient depuis longtemps disparu, réutilisés pour construire bateaux et maisons.

⁙

Sachant son heure venue, elle s'allongea sur la table.

Les villageois s'assemblèrent alentour, mais elle ne voyait personne sinon le visage qui ne l'avait jamais quittée, le visage d'Eirikr, son roi.

Elle ferma les yeux et, comme la vie l'abandonnait dans un doux soupir, elle répondit enfin à sa question.

– Oui, murmura-t-elle. Je te suivrai.

⁙

Et ainsi commencent leurs voyages.

Épilogue

MON ESPRIT IMPLORE LE REPOS

Juin 2073 - La Lune Floraison

Oui, pense Eric Seven. Nos voyages ont commencé voilà plusieurs vies.

J'ai vécu cela auparavant, mais je ne le vivrai plus de nouveau.

Il sait qu'il s'agit de sa dernière vie. Obscurément, alors qu'il est couché sur la table de pierre, dans ce moment suspendu avant la violence du couteau qui s'abat, il sait.

Le soleil brille, les lézards rampent, le trèfle embaume l'air marin, le couteau reluit, et le visage de Merle se penche sur lui, obstruant le soleil immuable telle une éclipse.

Peut-être ne *sait*-il rien. Peut-être se contente-t-il de *ressentir* mais, quoi qu'il lui arrive, il comprend qu'il a vécu d'autres vies autrefois. Il a vécu d'autres vies à différentes époques. Et pourquoi pas ? Il s'est parfois interrogé sur la question, assis dans le train le matin, observant du coin de l'œil les autres banlieusards, il s'est demandé pourquoi.

Pourquoi est-ce que je ne vis pas la vie de cette personne ? Cet homme, là, engoncé dans son costume raide et sa cravate plutôt ridicule ? Ou ce type débraillé avec ses écouteurs sur les oreilles ? Ou cette femme, vaguement enceinte ?

Souvent, tandis qu'il consultait distraitement One-Degree, il s'est demandé pourquoi c'était *cette vie-là* qui lui était échue et non une autre, celle d'un des milliers de contacts établis par l'ordinateur, ou l'une des innombrables autres.

À présent, il sait. Il *a été* d'autres individus.

⁂

Un sacrifice humain.

Une immolation, afin que son sang versé ramène des enfants sur l'île.

Tor acquiesce, et la main de Henrik se lève.

Puis.

– Attendez, dit Merle, doucement.

Henrik hésite. Tor se tourne vers Merle.

– Qu'y a-t-il, petite ?

Merle lui fait lentement face, souriante.

– Laissez-moi le faire. Je suis l'enfant de l'île. Laissez-moi faire revenir les enfants.

Tor sourit à son tour, et hoche la tête.

– Oui. Oui, dit-il, c'est la bonne chose à faire.

Henrik tend le long couteau rituel à Merle.

Eric s'agite entre leurs mains, mais sans se débattre très violemment.

Il ne peut croire que cela va se terminer ainsi.

Merle envoie un coup de couteau, mais non pas vers Eric. D'un coup elle lacère les mains qui tenaient le prisonnier.

D'un deuxième puis d'un troisième coup, elle balafre les visages de Tor et de Henrik.

Les mains ont lâché prise et Merle regarde Eric. Abandonnant le couteau, elle crie.

– Cours !

Des gens se précipitent pour aider les habitants de l'île blessés. Pendant un moment, chacun est trop stupéfait pour saisir ce qui vient d'avoir lieu.

Tor essaie de crier. Il essaie de parler. Il essaie d'ordonner aux autres d'arrêter Merle et Eric, mais il en est incapable parce que Merle lui a ouvert la gorge, suffisamment pour l'empêcher de faire quoi que ce soit sinon se tordre sur la table, et maintenant c'est *son* sang qui afflue dans la rigole.

– Par ici ! crie Merle tandis qu'ils filent en direction du rivage, vers les rochers. J'ai un bateau !

Eric est en état de choc, trop ébranlé pour parler, ou poser des questions.

Merle continue :

– Je savais que c'était toi, lance-t-elle d'un ton triomphal. Je *savais* que c'était toi.

– Mais toi... ? commence Eric. Le thé... ?

– J'ai arrêté d'en boire depuis des mois. Je leur ai seulement fait croire que je continuais.

Alors que leurs poursuivants se rapprochent dangereusement, ils contournent les rochers, et soudain apparaît le bateau, dissimulé dans une petite crique.

Mais là aussi des îliens se tiennent en embuscade.

Eric et Merle s'immobilisent.

Entre eux et le bateau s'interpose une bonne douzaine d'hommes costauds.

Ils hésitent, chancellent ; on en profite pour s'emparer d'eux, avec des mains brutales, des mots violents.

Ils se débattent, sans parler, mais c'est sans espoir. En un cortège sinistre et silencieux, on les reconduit à la table, auprès de laquelle se dresse Henrik, se tenant le visage.

Tor gît sur la terre chauffée par le soleil, qui absorbe son sang.

Une multitude d'autres mains les poussent rudement sur la table.

– Non ! hurle Merle à l'instant où elle voit Henrik ramasser le couteau au sol et venir vers eux.

Mais Eric l'appelle.

– Merle ! Merle !

Elle se retourne, plonge les yeux dans les siens.

– Merle. Mon esprit implore le repos.

Elle secoue la tête, ses larmes coulent librement.

– Merle. Comprends. Rappelle-toi la mer…

Elle comprend, elle ressent également. Ses pleurs et son tremblement cessent, et le calme pénètre en elle.

Elle sait qu'ils croient tous deux la même chose, que si une vie peut être détruite en un seul instant, un instant de trahison, ou de violence, ou de malchance, alors pourquoi une vie ne pourrait-elle aussi être sauvée, valoir le coup, se construire, se fonder sur seulement quelques instants de perfection ?

Elle ferme les yeux, et rêve qu'elle nage avec lui.

Immédiatement, le reste du monde s'efface.

⁂

Le vacarme des îliens en colère.

Le bleu du ciel.

L'odeur de la mer et du trèfle.

Le couteau, qui s'abat.

⁂

Il n'existe désormais plus rien qu'eux deux, et leur amour, qui a attendu pendant des siècles pour revivre, et alors que leur sang coule, d'abord celui de Merle, ensuite celui d'Eric, tandis que leurs sangs se mêlent sur la table et imprègnent ensemble le sol de Blessed Island, l'île bienheureuse, l'île du sacrifice, ils ne sont plus deux êtres qui s'aiment, ils sont devenus l'amour lui-même.

⁂

Et leur voyage commence.

Il en va ainsi.

REMERCIEMENTS

Pour les autres livres que j'ai écrits, j'ai ajouté à la fin une note destinée à expliquer une ou deux choses concernant l'origine de l'histoire. Je n'en ferai rien cette fois-ci, parce qu'il n'y a franchement pas grand-chose à dire, sinon que vous apprécierez peut-être de savoir que le tableau, tel que décrit dans le roman, existe réellement, exposé au National Museet de Stockholm. Le titre original suédois est *Midvinterblot* — sacrifice au cœur de l'hiver.

L'auteur en est Carl Larsson et, bien que l'accueil que reçut son œuvre l'ait certainement blessé, le personnage d'Eric Carlsson et ce qu'il advient de lui tel que le raconte mon roman ne sont que pure invention. Il en va de même pour les autres personnages.

J'aimerais saisir cette occasion pour remercier Orion Books. Je peux sincèrement affirmer que tous ceux avec qui j'ai le plaisir de travailler à Orion allient, à mes yeux, un grand talent, un vrai professionnalisme et une bonne humeur salutaire. Par-dessus tout, je tiens à remercier Fiona Kennedy, ma brillantissime éditrice, car sans elle mes livres ne seraient pas ce qu'ils sont. Il y a plus d'une décennie, quand nous avons commencé à travailler ensemble, je la trouvais performante, aujourd'hui je sais que je me trompais : elle n'est pas seulement performante, elle est la meilleure.

Marcus Sedgwick

Hadstock, juillet 2011

Ce livre a été achevé d'imprimer sur Roto-Page au solstice d'été
pour le compte des éditions Thierry Magnier
par l'Imprimerie Floch à Mayenne en juin 2013
Dépôt légal : août 2013
N° d'impression : 84984
Imprimé en France